惡魔高校
DxD
3 月光校園的王者之劍

我的雙手碰到兩人的肩膀。瞬間——

制服隨之爆裂。
沒錯，就連內衣褲也不例外。

隨著神聖的光輝
與邪惡的氣息，
「騎士」手上
出現一把劍——

惡魔高校D×D

月光校園的王者之劍

3

石踏一榮

ICHIEI ISHIBUMI

Kadokawa Fantastic Novels

彩頁・內文插圖：みやま零

目錄

我無法原諒王者之劍——

Life.0

大家好。我是兵藤一誠。

也許有點突然，不過我相信各位應該都曾在起床時遇到傷腦筋的事吧。

例如因為鬧鐘沒響而遲到，或是因為睡相太差而滾下床等等。

就我而言，發生的事遠超出我的意料……

「嗯嗯……」

一個性感的聲音在我耳邊響起。沒錯，近在咫尺。

我將視線移過去，只見到紅髮的大姊姊，莉雅絲社長。她是上級惡魔，也是我的主人。

前陣子半強迫地住進我家，和我一起生活。

看來是她不知何時溜到我的床上……而、而且還是裸體……

不，這個我知道。課長自己也說過，她睡覺時都是裸睡，而且我之前在學校保健室的床上休息時，她也曾經像現在一樣溜進來。

嗚～～～～～～！我的左半身傳來很柔軟的感覺！社長完全把我當成抱枕了！

社長的香味刺激我的鼻腔！為什麼社長會這麼香？

話說社長的胸部完全緊貼我的左手臂！手掌也被極為柔軟的東西包著！是、是大腿吧。社長的兩條大腿像三明治一樣夾著我的左手！大腿三明治！怎麼會有如此美妙的狀態！

這也害得我無法動彈。不，我不想動！這麼美好的狀況，怎麼能輕易結束！

才和社長住在一起沒幾天就發生這種事！原本我還以為和社長的生活是前途多舛，但是如果有這種好事，那當然求之不得！

「……哎呀，你醒啦？」

等等，社長也醒了！

「是、是的，醒了。一醒來就發現這個狀況，有點不知所措……」

這是我最直接的感想。不知所措。而且社長也醒來了，更讓我不知道該怎麼辦才好。

「抱歉了。因為我想把一誠當成抱枕抱著睡，所以才會趁你睡著之後打擾。」

還、還有這種事！我實在搞不懂社長的心情是以什麼為基準！

在我感到疑惑的同時，社長將我的左半身抱得更緊。嗚喔喔喔喔喔！

「你覺得呢？就這樣一直躺到平常起床的時間也很棒……做點色色的事好像也不錯，也算是和可愛的僕人交流吧。」

啾。

社長往我的臉頰親了一下～～～

為、為什麼社長這麼疼愛我！總覺得自從萊薩那件事之後，社長便對我疼愛有加，不知道是不是我多心了？幾乎每天流鼻血倒是真的。

「我說社長……我、我好歹也是男人……妳、妳要是這麼說……」

「你會想推倒我？」

社長以惡作劇的語氣回應我。為什麼社長會這麼擅長露骨地刺激我呢！

「好啊，只要你高興，什麼事都可以喔。」

「——！」

正當我聽見社長煽情的耳語，思緒飛往粉紅色的方向時——

叩叩。有人敲了我的房門。

「一誠先生。晨練的時間快到了——」

走廊傳來愛西亞的聲音。

……怎麼會挑在這個時機！接、接下來才是重頭戲——不不不，錯不在愛西亞！

現在的我每天早上賣力晨練。因為我依然是個弱小的惡魔。

在社長的帶領之下，我正在進行修煉。愛西亞也為了協助我的修煉，擔任經理的工作。

謝謝妳們，社長、愛西亞。

「一誠先生？你還在睡嗎？」

「不，我醒了。等、等我一下！而且到樓下等！」

沒錯。不能讓愛西亞見到這個場面。在社長住進我家之後，愛西亞似乎就對社長抱持某種較勁的心態。

不知道愛西亞為什麼會把社長當成對手，但是社長也樂得和她較勁。

不過她們的對話很普通，似乎不是真的在吵架。總之還是希望她們可以好好相處……我可不想看到女孩子吵架。

然而社長完全不理會我的擔心，露出惡魔的微笑。

「愛西亞，妳再等一下吧。因為我和一誠都需要時間準備。」

「！」

社長對門外的愛西亞開口。社、社長──！妳為什麼要搧風點火──！

儘管隔著門板，我依然可以猜到愛西亞說不出話來。

喀嚓！我的房門猛然打開。

愛西亞應該看到從床上撐起上半身的我和社長吧。

她熱淚盈眶，鼓起臉頰，看起來很不高興……

一看見愛西亞，社長便抱住我的左手。社、社長？

「早安，愛西亞。」

社長嫣然一笑。怒氣沖沖的愛西亞全身不住顫抖。

接著突然抓住自己的衣服。那、那個，愛西亞小姐？

「我也要脫光！不要把我排除在外！」

「愛西亞！」

看來今天又是非常刺激的一天。

—○●○—

「我開動了。」

早餐時間。我的身旁坐著社長和愛西亞。

被兩名美少女包圍，感覺真是幸福！我是很想這麼說，但也不是每天都這麼覺得，再加上今天愛西亞更是從一大早就鼓起臉頰，心情不是很好。

這麼說來，一大早就看到那個場面，原來是修女的愛西亞會覺得「太骯髒了！」也無可厚非。不，如果真是這樣，那番「我也要脫光！」的發言也太奇怪了。

她到底在氣什麼？嗯——我身為一個男人實在無法理解少女心。

社長倒是不太介意，一面和我的父母談笑一面用餐。

「哎呀——莉雅絲連日本料理都煮得這麼好吃——」

「多謝誇獎，爸爸。因為我在日本的日子很長，學過基本的調理法。」

沒錯，今天的早餐有幾道菜是社長煮的。像是這個煎蛋，調味實在太棒了，所以我從剛才就吃個不停。太好吃了！

「一誠，還有很多，吃慢一點。」

「是、是的，社長。」

住在一起之後我才知道，社長很擅長料理。中式日式西式樣樣拿手，而且完成的水準幾乎都是頂級。

我原本以為身為大小姐的她應該不太擅長這種家事，沒想到完全不是這麼回事。不愧是獨自在日本生活的人，煮飯、洗衣、打掃全都得心應手。

「我最討厭被說因為是大小姐，所以什麼都不會。只要做得到的事，我都想自己來。」

之前社長曾經這麼說過。太了不起了！真是讓我打從心裡尊敬她。社長真是太厲害了。我的主人就連日常生活方面也是一樣值得依賴！

視社長為勁敵的愛西亞，總是見識到社長比她厲害的地方，儘管感到沮喪，依然積極努力想融入日本的文化。

而且愛西亞也有她的長處。她在短時間內學會日語的文字。平假名和片假名已經全部學會，已經開始學習漢字的讀寫。

應該看得懂小學低年級程度的漢字吧。

我認為這多半是因為她的努力，但是她似乎在學習方面擁有與生俱來的才能。明明是第一次上學，不過無論是數理還是語文，都沒有遇到什麼困難。

最重要的是愛西亞覺得讀書很有趣。大概也是因為這樣，讓她吸收的速度更快吧。有些地方我已經要她教導了。以愛西亞的守護者自居卻是這副模樣，實在很丟臉。

然而無論做什麼事都很開心的愛西亞，只要一牽扯到社長，就會燃起對抗意志。

嗯、嗯——在我看來，愛西亞的確是很努力、很厲害，但是如果對手是社長……

以廚藝來說，現階段是社長占優勢。不，愛西亞煮的料理也很好吃。只是該怎麼說，挑錯對手嗎……

我喝了一口味噌湯。啊——社長煮的味噌湯真好喝！我不禁要流淚了！

擅長做菜的女生真有吸引力。同時是個美少女，又是大姊姊，實在沒什麼好挑剔……捏。

愛西亞依然鼓起臉頰，在餐桌下用力擰我的衣服。愛西亞只會對我這樣做。

只要她心情不好，就會像這樣對我做出無聲的抗議。這讓我覺得非常可愛、非常惹人疼惜。嗯，有個妹妹大概就是這種感覺吧。

「對了，一誠，社員們今天會過來這裡喔。」

社長如此說道。

「咦？小貓他們嗎？來我家要做什麼？」

「嗯，我今天想在這裡舉行放學後的神祕學研究社會議。」

「在我家嗎？」

「之前我也說過吧？該是清掃舊校舍內部的時候了。好像會請人來打掃吧。」

社長的話有一半是假的。其實是吩咐社長手下的使魔，叫他們打掃舊校舍。但是在我的爸媽面前，是這麼解釋舊校舍的事。

話說回來，神祕學研究社要在我家開會啊。

社長對我的爸媽低頭道歉：

「真是不好意思，爸爸、媽媽。」

「沒關係的，莉雅絲。聽說他們也很照顧一誠吧？一誠能夠多交幾個女性朋友，我也很高興。」

聽到媽媽的話，爸爸也頻頻點頭稱是：

「就是說啊。爸爸雖然也很喜歡松田和元濱，但是擁有能夠健全往來的夥伴也很重要。

只會聚在房間裡聊些色色的事，可不算是享受青春。」

「說得沒錯，老公。松田和元濱雖然是好孩子，不過眼神太下流了。基本上是兩個好色的學生，對一誠來說肯定會造成不好的影響。而且既然愛西亞和莉雅絲住進我們家，我實在不想再讓他們踏進家門。真怕他們會污染兩個花樣年華的女兒。」

松田、元濱，你們被批評得一文不值。然而我卻完全沒辦法幫你們說話，更是讓我感到無奈。

不過媽媽，有能夠胡說八道、不須顧忌的同性朋友是很棒的。對我來說他們就是這種朋友，我之前的生活能夠那麼開心，都是拜松田和元濱所賜。

「就是這樣，今天的會議就在這裡舉行。麻煩你了，一誠。」

好了，這下子會發生什麼事呢？

—○●○—

「然後這張是小學時的一誠～～」

「哎呀哎呀，全裸跳進海裡。」

「等等，朱乃學姊！還有媽媽，別給別人看這種東西！」

根本沒有人在開會。放學後的神祕學研究社會議原本應該在我家舉行，卻因為媽媽拿出來的相簿毀於一旦。

「……一誠學長赤裸裸的過去。」

「小貓也不要看啊啊啊啊啊！」

糟透了！收藏我的丟臉過去的惡夢道具！嗚哇啊啊啊啊，我好想死！

這麼說來，媽媽以前就說過。

「如果有一天，有很多女生來家裡玩，真想拿一誠的相簿給她們看～」

因為先前的我不受歡迎，還以為媽媽的夢想會就此化為泡影。然而大概是因為我的人生逆轉，事情竟然變成這樣……惡夢成真了！

「……小小的一誠。」

社長，妳這樣盯著我幼年時期的照片，我會不好意思……

等等，咦？社長大人？妳是不是臉紅了？

「……小時候的一誠小時候的一誠小時候的一誠……」

而且口中唸唸有詞？

不過社長好像很滿足。她這麼喜歡小時候的我嗎？社長該不會是正太控吧？只不過沒聽說有這回事……

「我也能了解社長的心情！」

愛西亞牽起社長的手，眼睛閃著燦爛的光芒。

「喔，妳也懂啊。真是高興。」

喂喂，她們好像進入只有兩人才能理解的世界了……

木場那個傢伙也笑咪咪地看著我的相簿！可惡！不知為何被男人看見就很火大！

「啊，喂！木場！你不准看！」

我想從木場手上拿走相簿，但他以輕巧的動作躲過。

「哈哈哈，有什麼關係。再讓我在一誠同學的相簿裡找點樂子。」

嗚喔喔喔喔！找什麼樂子啊啊啊啊啊！

我撲過去想搶回來，但是他完全不把我放在眼裡，輕輕鬆鬆連續躲過！

可惡！在這個時候感覺到討厭的實力差距！

就像愛西亞視社長為勁敵一樣，我也視木場為勁敵。對愛西亞而言，社長是堵高牆；對我而言，木場也是堵高牆。

但是總有一天我要超越他！

在我重新下定決心時，只見木場盯著相簿的某一頁猛瞧。他的視線不像是找到樂子，倒像是看見什麼出乎意料的東西。

我靠過去，看向木場緊盯的頁面。上面的我還在念幼稚園。

照片裡除了我，還有同年齡的幼稚園小朋友——以及像是他的爸爸的人。

我記得這個小男生。是幼稚園時住在附近的小孩。還記得我們經常一起玩英雄遊戲。

在上小學以前，他就因為家長調職之類的原因搬到國外，之後便音訊全無。

可是為什麼木場會對拍到這個孩子的照片有興趣？總不會要告訴我，其實這個小男生就是木場吧……

木場伸出手指，指向照片上的小男生爸爸。正確來說，應該是指著爸爸手上的東西。劍——

看似男孩爸爸的人帶著一把老舊的西洋劍，我想應該是模造刀。

「你見過這個嗎？」

木場認真地發問。喂喂，你的音調和平常完全不一樣。

「嗯——不，這是我小時候的事，不記得了……」

「竟然會有這種事。沒想到會在意想不到的地方看見……」

自言自語的木場不禁露出苦笑。但是他的眼中充滿憎惡，幾乎令我不寒而慄。

這張照片，就是這次事件的開端——

「這可是聖劍。」

Life.1 燃燒吧，神祕學研究社！

鏘——

金屬敲擊聲在晴朗的天空迴響。

「我來——我來——」

我用手套接住飛來的棒球。

「接得好，一誠。」

社長帶著笑容對我伸出大拇指。

舊校舍後面有一小塊沒有草皮的空地，我們神祕學研究社成員就在這裡練習棒球。

不，這不是惡魔的工作。

「下個禮拜就是駒王學園球技大會。社團對抗賽可是輸不得。」

活力充沛的社長堅定地如此說道。

沒錯，學校例行活動之一，球技大會快到了。

棒球、足球、籃球、網球，花上一整天進行有球字的比賽，就是這項活動的內容。

比賽組別分成班級對抗賽、男女分組對抗賽等等，其中一項就是社團對抗賽。

當然，神祕學研究社也不例外，社團不分文化類型和運動類型，都必須參加。

社團對抗賽的比賽項目直到當天才會公布，所以事先不知道要比什麼。如果人數上有所差距，則配合人數少的一方決定參加人數。

如果是需要比較多人的項目，則是加入學生會認可的輔助人員補足數量。

總之就是這樣，我們先挑幾項比較主要的球類運動來練習。今天是棒球。

時間將近傍晚，天空大概再過不久就會變紅。平常我們總是在舊校舍的社辦喝茶聊天，等待晚上的活動時間到來，不過最近都是換上體育服練球。

我不討厭活動身體，所以說開心是很開心，但是我打從一大早就在訓練，這幾天對我來說根本就是整天都很操勞。

晨練、學校的課程、在社團活動時間練球、晚上的惡魔工作……

老實說，即使因此累死也不奇怪……多虧我是惡魔才撐得住。

「打擊練習大概就是這樣吧。要是比棒球，第四棒就決定是小貓。」

「……了解。」

那還用說，當然是不斷轟出全壘打的怪力少女小貓最適合。沒有人會有意見。話說她的打擊率，就算參加職棒選秀也不奇怪。

「再來是守備練習！大家聽好！戴上手套在球場散開！」

社長非常有幹勁。看起來十分神清氣爽，充滿活力。看起來鬥志正在熊熊燃燒。

「社長最喜歡這種活動了。」

朱乃學姊一面呵呵笑一面開口。

「我能體會。我們家的大姊姊十分好勝。」

「就是這樣。不過我認為只要沒出什麼差錯，我們應該不會輸。」

沒錯。原則上我們是比人類還要健壯、還要強大的惡魔。

基本上當天好像要放水，不過也不至於陷入苦戰吧。

只是社長認為我們應該用身體記住競技的規則和特性，才會像這樣催促我們練習。

「即使腦袋知道要怎麼做，還是要用身體記住才行。」

社長是這麼說的。她果然不是普通強韌，不會只靠腦內模擬虛應了事，很有社長的風格。

明明我們的體能一定比較強，但是沒有人知道實戰中會發生什麼事，所以才要練習。

「吶，愛西亞！球過去囉！」

鏗——！

社長用球棒擊出的球朝愛西亞飛去。

「啊嗚！啊嗚啊嗚啊嗚……啊！」

球穿過愛西亞的胯下，滾到後面去了。畢竟愛西亞的運動神經比普通人差了一點，偶爾還會在什麼都沒有的地方自己跌倒。

「愛西亞！沒接到的球要自己撿回來喔！」

「是、是的！」

自從之前萊薩．菲尼克斯那件事之後，社長對於勝負變得比以前更好強。

我想她一定打從心底對輸給萊薩感到懊悔吧。

以當時的狀況來說，我們顯然不如對手。儘管如此，吃了敗仗還是對社長的自尊心造成嚴重的打擊。

畢竟她說過絕對要贏……如果我能多派上點用場……

「下一個，祐斗！球要過去囉！」

鏗——！

這次社長把球擊往木場的方向。

這對木場來說應該很輕鬆吧。他是我們之中速度最快的跑者，做什麼事都很靈巧。

就在我如此心想之時——

「…………」

叩。

木場傻傻地低著頭，球就這麼砸在頭上。

等等，喂喂喂！

「木場！打起精神！」

我忍不住出聲叫他。

大概是聽見我的聲音，木場轉頭看著我。竟然一臉呆樣！

「……啊，不好意思。我在發呆。」

木場撿起掉到地上的球，機械式地拋給社長。

社長一邊嘆氣，一邊接住球：

「祐斗怎麼了？最近老是在發呆，很不像你喔？」

「對不起。」

木場老實道歉。

不過社長說得沒錯，這傢伙最近總是臉色凝重，不知道在思考什麼。

在神祕學研究社的例行會議也一直看著遠方，沒有參與交談。

聽說這副模樣，在他的班上也引起熱烈討論。

——若有所思的王子。

女同學是這麼稱呼的。她們一方面擔心，一方面又為他憂鬱的神情興奮不已。

型男去死！我雖然這麼想，但是這次就連我也覺得不太對勁。

因為這個傢伙老是滿臉笑容，我絲毫沒有想過他會變成這樣。

……如果我猜得沒錯，木場似乎是在那次社團活動移到我家進行之後，就變得不太對勁吧？所以原因果然是那張照片嗎？

在和萊薩的那場戰鬥，他和對方的騎士對話時也表現出憎惡之情。

看來木場和所謂的「聖劍」之間，似乎有什麼過往。

不過這是另外一回事，現在應該為了迫在眉睫的大會，努力練習才對。

「嗯……」

啊，社長又開始看起棒球的入門書。社長一遇到什麼事就會找書來看，相當熱愛讀書。她在家裡也經常讀些看起來很艱澀的書。

「哎呀哎呀。對了一誠，你知道嗎？」

朱乃學姊如此問道。

「知道什麼？」

「最近社長也看起戀愛的入門書囉。」

「戀、戀愛入門！不、不會吧，怎、怎麼會……」

大、大受打擊……社長竟然在看戀愛的入門書……這就表示她有喜歡的人囉……？我、我的社長，喜歡某個人……

嗚哇啊啊啊，真不敢想像————！

看到我抱頭苦惱，朱乃學姊面帶苦笑說道：

「呵呵呵。一誠不用擔心。沒問題的。至少社長絕對不可能在一誠不知情的狀況下交男朋友。」

「是、是嗎……？我就姑且相信吧。啊啊，如果社長有男朋友，我一定會死……」

「如果是社長遇到相反的狀況，想必也會受到相當大的打擊吧。呵呵呵，畢竟是第一次嘛。一誠也很辛苦呢。」

「？」

雖然我完全聽不懂朱乃學姊想表達什麼，但是只要社長不會喜歡別人就沒問題。

「好～～繼續練習！」

社長舉起球棒，我們重新開始練習。

—○●○—

隔天午休。

球技大會快到了。今天的練習應該也會很激烈吧。

吃過午餐之後，我們要到社辦集合。好像說是最後的討論。社長真是用心。

「今天也要去社團？」

松田一邊吃咖哩麵包，一邊詢問我。

「是啊，我們正為了球技大賽練習。」

「喔——神祕學研究社打球啊。不過你們那個社團，所有社員的體能都很好。」

「是啊。」

我們可是惡魔，基本上比人類強。

「一誠，你還是小心一點，外面有些奇怪的謠言。」

元濱突然推了推眼鏡開口。

「怎、怎麼了，元濱……」

「玩弄一個又一個美少女的野獸一誠。握有莉雅絲學姊和姬島學姊的秘密，背地裡強迫她們陪你玩些惡劣的性愛遊戲，辱罵她們『哼哼哼，平常高貴優雅的大小姐，在我面前還不是一臉卑賤！這頭母○！』對她們為所欲為。」

「喂喂喂喂喂喂——！什麼跟什麼啊啊啊啊啊啊啊啊！」

這個謠言誇張到我忍不住大叫。這種反應很正常吧！怎、怎麼會有這種謠言！

「還有後續喔。就連學園吉祥物兼偶像的塔城小貓也成為你的目標，朝她的蘿莉肉體伸出魔掌。禽獸貪婪渴求未成熟的肉體，幼小的身體幾乎無法承受激烈的性行為。『學長……請別這樣……』但是野獸聽不進痛苦的聲音。然而貪婪的性衝動連剛轉學過來的天使也不放過——在愛西亞轉學第一天就對她下毒手，以『我在放學後幫妳進行特別課後輔導，好好教妳日語和日本文化。』為藉口，在黃昏時分讓天使墮落……最後還將她帶回家裡圈養，在狹小的世界展開無止盡的調教。鬼畜一誠捕食美少女的行徑不見止息——大概就是這樣吧？」

「……真的嗎？周、周圍的人都是這樣看待我嗎？」

我偷偷瞄了周遭幾眼。不知道是不是我多心，總覺得有些人看著我的眼神像是在看一頭單純為了性慾而活的野獸……

嗚嗚，想太多了！一定是我想太多了！

該死！是誰，到底是誰這樣造謠陷害我？

「嗯，造謠的人就是我們。」

「嗯嗯。」

元濱和松田大方承認，完全沒有對不起我的模樣。

很誇張吧？這兩個傢伙可是我的朋友。

叩！咚！

我不發一語毆打他們！當然要打！這兩個混帳————！

「痛死了，鬼畜。」

「沒錯，不准對我們洩憤，野獸。」

「開什麼玩笑！竟敢胡亂製造我的負面傳言！你們兩個！就這麼想死嗎！」

「哼。要是不這樣做，我們的腦袋會因妒嫉而燒壞。」

「哈哈哈，說不定早就因為妒嫉燒壞了！」

「你們好歹要感到愧疚吧！到底想害我的學園生活變成什麼樣！」

「對了，還有另外一個謠言是一誠和木場的ＢＬ嫌疑。」

「性慾旺盛到連同性型男都不放過！好吧，這也是我們傳出去的就是了。」

「部分女同學非常喜歡這個謠言。」

「呀啊——誰是攻誰是受？」

「去死！你們都給我去死！」

真是損友！可惡！要不是我們認識這麼久，我真的會痛扁他們一頓！怎麼會有這種人，真是的！

唉……像這樣和朋友一邊吃飯一邊聊天是不錯，但是今天午休我要到社團聚會。

我迅速收起吃完的便當盒，環顧整個教室。

愛西亞在哪裡？

啊，她在教室的角落和同班女生一起吃午餐。啊啊，她可以和其他女生打成一片真是太好了。她也說過有交到女生朋友。

「抱歉，松田、元濱，我們社團中午要聚會，我差不多該走了。」

「喔喔，真是努力。辛苦啦。」

「你之前有這麼喜歡運動嗎？」

「沒辦法，這是社長命令。而且既然要比，我們就要贏。」

「真是熱血。真難想像不久之前的你只會因為色色的事而燃燒。」

「你真的變了。是不是吃了什麼奇怪的東西？還是看過胸部之後，人生觀就會改變？」

「這個嘛，胸部不管看幾次都很讚倒是真的。」

「去死！」

「去死！」

哼！恨我吧恨我吧。在你們喃喃咒罵我時，我還會多看社長的胸部好幾次！

但是我真的有改變那麼多嗎？這個嘛。好吧，至少從人類變成惡魔是沒錯。

「喂——愛西亞。吃飽了嗎——？」

我對著愛西亞喊道。

「愛西亞，男朋友在叫妳囉。」

和愛西亞一起吃飯，戴著眼鏡的女生——桐生藍華以詭異的表情開口。

「男、男男男男男男男男男男男男朋友——！」

聽到桐生的話，愛西亞露出前所未見的慌張模樣。這好像還是我第一次看見愛西亞這麼驚慌失措。

說得也是，聽見人家說平常與自己很要好的男生是「男朋友」，任何女生都會慌張吧。

「咦？不是嗎？你們兩個時常在一起，我還以為你們在交往。」

「才、才才才才才才、才沒有……啊嗚嗚嗚嗚啊……」

愛西亞滿臉通紅。她們在教室裡說這種話，讓我也受到矚目……這真是難為情！

「嗯——是喔。可是在旁人眼中，你們怎麼看都是每天晚上合體的情侶喔？畢竟你們總是在一起，感覺很親密吧？而且還是得到父母的認可，住在一起不是嗎？同居的年輕男女晚上會做的事，當然只有那個了。呼呵呵呵。對了，教她『裸裎相見』的人也是我！如何？好好享受了嗎？」

喂————！這傢伙到底有多麼好色！不愧是全班同學公認的「大師」—！

「果然是妳教的！還有說什麼合體，妳、妳這個傢伙！又不是A部分和B部分合體組成的機器人！我可沒有寡廉鮮恥到那種程度！雖、雖然我很想做些色色的事沒錯，但是愛西亞怎麼可能做那種色色的事！」

沒錯！愛西亞是我必須保護的人！怎、怎麼可以對她做出那種行為！

「這樣啊。這麼說來就奇怪了，愛西亞明明就——嗚啊！」

桐生不知道要說什麼，才說到一半，嘴巴就被愛西亞用雙手全力堵住。

「啊——啊——啊——啊——啊——！桐生同學——請不要這樣——！」

愛西亞……？她的臉紅到前所未見的程度……而且熱淚盈眶。

桐生該不會知道什麼愛西亞不想讓我知道的祕密吧？嗯——大概是什麼女生之間的話題，那麼我也不便介入。

「總、總而言之，愛西亞。社長叫我們午休時間到社團聚會，過去社辦吧。」

「好、好的——！」

愛西亞還是一樣心神不寧。唉，考慮到她的成長環境，這方面的話題對她來說還是太刺激了。不，突然被當成男朋友的我也很難為情……

也、也對，如果愛西亞是我的女朋友，我的人生就是彩色的。不過現在的我還是把她當成必須保護的對象。

可是愛西亞總是在我的身邊，我無法想像沒有愛西亞的生活。愛西亞的笑容早就是我的生活的一部分。

帶著這個幸福的想法，我和愛西亞動身前往舊校舍。

—○●○—

走進社辦，除了我們以外的社員已經齊聚一堂……等等，還有不是社員的人在場？

——！

看著那名坐在沙發上，不是社員的人，我嚇了一跳。

「學、學生會長……？」

沒錯，沙發上的人正是這所駒王學園的學生會長大人。那是散發冰冷嚴肅氣息的女性，也是知性的窈窕美女。

這名美得不像日本人的女子，名叫支取蒼那。是三年級的學姊。

在學校裡的人氣指數排名第三。當然，第一是莉雅絲社長，第二是朱乃學姊。

由於渾身散發恐怖的氣息，大家都不太敢靠近。銳利的眼神或許也有影響吧，不過仍然是名美麗的女性。

比起男生，更是受到女生的壓倒性支持，從某個角度來說更勝社長和朱乃學姊。

仔細一看，不只是會長，身邊還有一名看似學生會成員的男學生。

「什麼啊，莉雅絲學姊，妳該不會是沒向兵藤提過我們的事吧？不過同樣身為惡魔，他卻沒有發現也很奇怪。」

這傢伙好像是最近加入學生會，擔任書記的男學生吧？至於學生會長則是對那個書記輕聲說道：

「匙，基本上我們除了『表面』的生活以外不會互相干涉，這也是沒辦法的事。而且兵藤同學變成惡魔的時日尚淺，會有這樣的反應也是理所當然。」

——什、什麼！

這怎麼可能！依照剛才的說明，學生會的成員也是……？原來除了我和神祕學研究社社員以外，這間學園裡還有其他惡魔？

朱乃學姊對驚訝不已的我說明：

「這間學園的學生會長支取蒼那，真正的名字是蒼那．西迪。是上級惡魔西迪家的繼任宗主。」

上、上級惡魔！而且還是西迪家！不，詳細情況我不清楚，但是我知道她的出身一定很顯赫，就像社長家和菲尼克斯家一樣！

竟然……

我啞口無言。這間學園裡還有其他上級惡魔，著實令我嚇了一跳！

朱乃學姊進一步說明：

「西迪家和吉蒙里家以及菲尼克斯家一樣，是在遠古戰爭倖存的七十二柱之一。這所學校實際是由吉蒙裡家掌握實權，但是『表面』的生活是委託學生會——也就是西迪家負責統治，以白天和晚上區分學園的工作。」

原、原來是這樣……那麼學生會成員該不會……？

那個書記再次開口：

「因為有會長和我們西迪眷屬在白天東奔西走，你們才能過著和平的學園生活。記住這點應該不會有壞處吧？還有我的名字叫匙元士郎，二年級，也是會長的『士兵（pawn）』。」

「喔喔，同年級又同為『士兵』！」

這真是太巧了！我有點高興。沒想到這間學園裡除了我以外還有其他「士兵」，而且還是同年級！

但是那個姓匙的書記卻嘆了口氣，反應和我的想法正好相反。

「以我的立場來說，和變態三人組之一的你相同這件事，嚴重傷害我的自尊心……」

「你、你說什麼！」

這、這個傢伙！枉費我主動釋出善意！

「喔？想打架嗎？別小看我，我可是用了四個棋子的『士兵』喔？即使最近剛成為惡魔，也不會輸給兵藤這種貨色。」

出言挑釁的匙被會長狠狠瞪了一下：

「匙，夠了。」

「但、但是，會長！」

「我們今天過來這裡，是為了讓以這所學園為根據地的上級惡魔，彼此介紹最近收的惡魔僕人。也就是說，這是讓你和莉雅絲那邊的兵藤同學以及阿基多同學見面的聚會。既然是我的眷屬，就不要丟我的臉。而且——」

會長看著我，繼續說道：

「匙，現在的你贏不了兵藤同學。因為他正是打倒菲尼克斯家三男的人——這就表示用了八個『士兵』棋子並不是白費。」

「八個棋子！而且這傢伙打贏菲尼克斯？竟然是這個傢伙打倒那個萊薩……我還以為是木場或是姬島學姊救出莉雅絲學姊……」

什麼什麼？怎麼回事？這是在說我吧？還有看我的時候不要眼角抽搐好嗎？我又不是動物園裡做出奇怪舉動的動物。

會長對我低頭道歉：

「抱歉，兵藤一誠同學、愛西亞·阿基多同學。我的眷屬實績不如你，也有很多失禮的地方。如果可以，還請看在同為新進惡魔的份上，和他好好相處。」

會長露出淺淺的微笑開口。就好像是冰一般的微笑。不過微笑當中感覺不到任何惡意，或許她笑起來原本就是這樣。

「匙。」

「咦，啊，是！……請多指教。」

匙也心不甘情不願地對我鞠躬示意，看起來相當不滿。

「是的，請多指教。」

愛西亞露出燦爛的笑容回禮。愛西亞真是個好孩子。

「我當然很歡迎愛西亞同學！」

匙牽起愛西亞的手，和面對我的時候完全相反。這、這個傢伙！

我把匙的手從愛西亞的手中拉出來，然後使盡吃奶的力氣握住他的手：

「哈哈哈！匙同學！我也要請你多多指教！還有如果你敢對愛西亞下手，我真的會殺了你喔，匙同學！」

我硬是擠出滿臉笑容開口。於是他也皮笑肉不笑地在我們互握的手上用力：

「嗯嗯！請多指教，兵藤同學！竟然想獨占金髮美少女，你真的是個色慾薰心的鬼畜男！哎呀——怎麼還沒遭天譴呢！你就在放學回家的路上被雷劈死吧！」

我對他出言不遜，他也不甘示弱。這種場面實在不太正常，但是唯獨這個傢伙無法原諒！雖然和木場的方向不同，一樣是我討厭的類型！話說我真的很想揍他！如果他敢對愛西亞下手，我一定要他吃不完兜著走！

身為主人的社長與會長一面嘆氣，一面說出「辛苦妳了。」、「妳也是。」這種話。

「嘖。我們學生會的成員可是比你們強多了。」

匙撂下這句話，放開我的手。

看來學生會的成員果然是會長的眷屬兼惡魔僕人。

會長端起我們招待的茶喝了一口，輕聲說道：

「我愛這所學園，也認為學生會的工作很有意義。所以只要誰敢擾亂學園的和平，無論是人類還是惡魔都不會放過。無論是你，還是在場的任何人，甚至是莉雅絲也一樣。」

我立刻明白，這番話是說給我、愛西亞，還有匙等三個新進惡魔聽的。

簡單來說，就是無論是誰敢妨礙學園生活，她都不會放過。我不禁覺得這個人對駒王學園的愛很深，不愧是擔任會長的人。

「雙方的新人介紹到此為止吧。那麼我們先走一步。有些文件我想趁午休時間處理。」

會長起身準備離開。

「會長──不，蒼那．西迪……大人。今後也請您多多指教。」

「請、請您多多指教！」

我再次向會長鞠躬致意，愛西亞也跟著照做。

我是以一介新進惡魔的身分向她致意。對方是尊貴的上級惡魔，又和社長熟識。雖然她的僕人有點問題，但是我們身為吉蒙里眷屬的新進惡魔，對她鞠躬也是理所當然的事。

會長微微一笑，向我們回禮：

「好的，也請你們多多指教。」

走出社辦時，會長面帶微笑對社長開口：

「莉雅絲，真是期待球技大會的到來。」

「嗯，是啊。」

社長也以笑容回應。

啊啊，她們的交情應該還不錯吧。我立刻了解這一點。既然如此，在上次的婚約事件幫助社長不就好了。雖然我這麼想，不過既然是上級惡魔的問題，恐怕沒那麼簡單介入吧。

還是她相信社長一定能夠度過那個難關？

會長語畢之後，快步離開社辦。

「一誠、愛西亞，你們要和匙同學好好相處。你們兩個和其他的學生會成員總有一天會以惡魔的身分正式見面，既然彼此都是在同一所學校求學的學生，不可以吵架喔？」

社長笑著開口。

「是！」

既然社長這麼說，我就乖乖聽話！無論那傢伙有多讓我火大，也不會和他吵架！

不過原來駒王學園除了我們，還有其他惡魔啊……

看來這間學園還藏有很多秘密。

○●○

砰——！砰——！

空中響起宣布球技大會開始的煙火。

今天的氣象預報表示傍晚會下雨，拜託在大會結束之後再下。

『漫畫研究社的塚本同學，橋岡老師找你。請立刻到辦公室——』

設置在操場的帳篷，不停利用揚聲器進行廣播。

我和社員們換上體育服，聚集在操場的角落，各自以最能放鬆的方式休息，等待比賽時間到來。

話雖如此，社團對抗賽得等到最後。首先是班級對抗賽。我們班好像是比棒球吧。我和愛西亞也得貢獻一點力量，之前放學後的練習正好派上用場。

接下來是男子組和女子組的比賽。然後是午休，再來才是社團對抗賽。

我做些輕微的肌肉訓練暖身。愛西亞則是請朱乃學姊幫忙，以伸展操活動筋骨。

小貓坐在塑膠墊上，看著球技的規則手冊進行最後的確認。

木場……今天依然若有所思，一直仰望天空。

社長過去確認社團對抗賽的比賽種類……啊，回來了。

返回的社長露出信心滿滿的微笑：

「哼哼哼，這場比賽贏定了。」

「社長，我們比什麼？」

社長比出V字手勢開口：

「躲避球！」

對此我只有不祥的預感。

—○●○—

「社長——！加油——！」

我在網球場的圍籬外面為社長加油。

嗚嗚，穿著網球裝的社長！從迷你裙下露出的大腿也很棒！

社長代表班上的女生，正在和其他學姊比賽網球。

叩——！

社長以輕快的動作企圖玩弄對手，但是對手也不是省油的燈！

「會長————！呀————！」

女學生的尖叫聲此起彼落。

沒錯，社長的對手正是學生會長支取蒼那學姊。

「呵呵呵，沒想到能在這裡見識到上級惡魔的對戰，真是太棒了。」

朱乃學姊也在我身旁開心觀戰。

正如同她所說，沒想到上級惡魔會在這裡展開戰鬥。

而且雙方完全沒有放水，非常認真地揮動球拍。

「要上了，蒼那！」

「好啊，來吧，莉雅絲！」

依照這番對話，她們兩個打得很起勁吧。都快變成不知道從哪裡冒出來的運動系作品了！連在一旁觀看的我都跟著熱血起來！

「會長————！請您一定要獲勝————！」

啊，匙那個傢伙也在對面的圍籬加油，還一邊揮舞繡有「學生會」字樣的旗子。喔喔，那個傢伙也很帶勁嘛！

「接招！支取流旋球！」

會長打出來的球，帶著高速旋轉朝社長襲去。

「太天真了！嘗嘗我的吉蒙里流反擊！」

社長揮拍想要打回去，但是球路突然改變，急速下墜！

嗚喔喔喔喔喔！是魔球嗎！

「15—30！」

嗚啊啊啊啊，會長得分了！

「不錯嘛，蒼那。不愧是我的勁敵。」

「呵呵呵，莉雅絲。妳沒有忘記我們的約定吧？輸的人要請吃小西屋的烏龍麵外加所有配菜喔。」

「是啊，連我都沒有試過那種吃法，如果被妳搶先了，對我來說可是屈辱。我絕對要贏！我的魔動球可是多達一〇八式喔？」

「我接受妳的挑戰。只要進入支取範圍的球，我會全部打回去。」

感覺兩人的眼中都燃著火焰……但是妳們賭的東西也太普通了，兩位大小姐……

或許這就是社長和會長的優點吧。是不是在人類世界住久，感覺也會變得很像人類？

接著社長和會長震懾眾人的決戰持續很久，最後打到雙方的球拍都壞了，才以並列冠軍收場。

這也難怪，經過那麼激烈的來回擊球，一般的球拍當然會壞。

於是大會進入社團對抗賽的時間——

—○●○—

「運、運動短褲。」

看見愛西亞的穿著，我不禁嚇了一跳。這也難怪，因為她穿的不是學校指定的運動褲，而是運動短褲！

愛西亞在社團對抗賽開始之前突然不知去向，一回來才發現她換穿運動短褲。

嗚嗚，白皙的美腿……大腿就在我的眼前……！可惡！那雙腿還是這麼讚！

愛西亞滿臉通紅，忸忸怩怩地開口：

「……這、這是，桐生同學告訴我的。她說躲避球的制式服裝是運動短褲……而、而且還說穿成這樣，一誠先生會很高興……」

桐、桐生～～～～～～～～～～！那、那個該死的女人！竟敢教我們家可愛的愛西亞如此美妙——不，是如此寡廉鮮恥的事！

該死！「大師」桐生的玩心竟然讓我的內心如此動搖！

「不好嗎？」

害羞的愛西亞以由下往上的視線看著我，同時如此問道。

——！我的內心深處湧現一股盛大的萌。

「怎麼會，這真是太棒了，愛西亞。謝謝妳。謝謝妳！」

我握著愛西亞的手不斷道謝，只是她的頭上倒是冒出一個大問號。

「各位，該振作氣勢囉。」

剛結束一場激烈的網球賽，社長還是這麼有精神。不過我也是氣勢十足！

「是！愛西亞的運動短褲讓我充滿幹勁！既然要比就絕對不能輸！」

「說得好，一誠！只要努力我會給你獎勵喔！」

——！還、還有這種事！妳是認真的嗎，社長！我的全身上下充滿未知的能量！

「嗚喔喔喔喔喔喔喔喔喔喔！胸部————！」

絕對輸不得啊啊啊啊！社長的胸部是我的！

踏！

「呀啊啊！」

我放聲慘叫。那也是理所當然的事。因為愛西亞踩了我一腳。

「一誠先生，該把那個分給大家了吧？」

愛西亞的聲音聽起來很不開心。仔細一看她又鼓起臉頰，看來心情不太好。

嗚嗚，愛西亞最近學會對我使用暴力了。一定是因為叛逆期吧。

正如同愛西亞所說，我有東西要給大家。呵呵呵，這可是我熬夜做出來的。

「各位！我們綁上這個，團結一心吧！」

我一邊開口，一邊拿出頭巾。上面還由我親手縫上「神祕學研究社」。

「哎呀，準備得真周到。」

第一個拿的是社長。

「嗯，沒想到一誠的手這麼巧。縫得很漂亮喔。」

「嘿嘿嘿，其實我有偷偷練習。」

沒錯，我為了這一天，設法利用空閒時間練習裁縫。

我自認沒有家政方面的才能，不過還是相信只要每天練習就能熟能生巧，不斷努力。

因此我的技術變得還不錯。雖然完全比不上擅長的人，但是看起來還算過得去。

「……做得出乎意料地好。」

謝謝妳，小貓！

「哎呀哎呀，這麼說來其他社團確實也穿戴了一些東西凝聚整個隊伍。像是帽子、社服之類的。」

「就是這樣，朱乃學姊！所以我才會做了這個！」

大家都接過去綁在額頭上。真令人欣慰。這樣就不枉我熬夜製作了。

接著我拿給至一直發呆的木場。

「木場，拿去。」

「……喔，嗯。謝謝。」

「……現在先專注在獲勝上吧。」

「……獲勝啊。也對……勝利是最重要的。」

啥？為什麼說得一副別有含意的樣子？症狀到了這種程度，可以算是生病吧？

『神祕學研究社的同學，以及棒球社的同學請到球場集合。』

廣播在叫我們了！我們的戰鬥即將開始！

—○●○—

「瞄準他！瞄準兵藤！」

「嗚喔喔喔喔喔！混帳，你們別鬧啦啊啊啊啊！」

我一面閃躲朝我飛來的快速球，一面哭喊。

球技大會社團對抗賽正式開始！

種類是躲避球，我們第一戰的對手是棒球社，而且打從一開始他們就只瞄準我。

原因很簡單，我馬上就想通了。

因為站在這些傢伙的立場，除了我以外的社員都打不得！

社長——駒王學園的兩位大姊姊之一。最受歡迎的學園偶像。打不得。

朱乃學姊——和社長一樣是兩位大姊姊之一。學園偶像。打不得。

愛西亞——治癒系的二年級NO．1天然美少女。而且還是金髮！打不得。

小貓——學園的吉祥物，蘿莉少女。打不得。

木場——雖然是男性公敵，但是打了會被女生怨恨。打不得。

至於我，一誠——為什麼這傢伙會在充滿俊男美女的神祕學研究社，真是莫名其妙。打他也不會有問題吧。不，應該說他欠打。混帳東西，去死吧。瞄準那個傢伙！打頭打頭！去死去死，野獸！

我都覺得自己彷彿可以聽見他們的心聲！

這是極致的刪去法！於是惡意集中在我身上！來自全校學生的惡意！

「殺了一誠——！」

「愛西亞——！運動短褲太棒了——！一誠去死——！」

「拜託你們！打倒兵藤吧！為了莉雅絲大姊姊！為了朱乃大姊姊！」

「把愛西亞同學帶回正常的世界！」

「看招！右邊！不，是正面！」

「殺了他——！去死吧——！蘿莉控只要有我就夠了——！」

「要是不出來就不會死了！」

觀眾都在對我大喊去死去死！你們這些傢伙別鬧了！竟然每個人眼中都閃著殺意的光芒！該死！為什麼會這樣！我不祥的預感成真了！

「攻擊集中在一誠身上！這個時候應該採取『棄子(sacrifice)』戰術吧！一誠，這是好機會！」

「社長——！我會加油的——！可惡！我可不是來玩的！」

既然社長那麼期待我，我也只好挺身奮鬥！

集中朝我襲來的球，全都被小貓以固若金湯的防禦力擋下，再由她以纖細的手臂丟出威力十足的攻擊，擊倒對手！

好！這樣下去就能輕鬆拿到冠軍！再來只要我盡力躲開對手丟來的球就行了！

正當我如此心想時，一名勇敢的棒球少年拿著球瞄準木場！

「可惡——！就算被怨恨我也不在乎！討厭的型男————！」

喔喔！大概是對型男的憎恨過於強烈，他不是打我，而是把球朝木場扔去！

就這麼挨打吧！儘管心裡這麼想——

「你在發什麼呆！」

我還是一面放聲怒罵，一面朝望著遠方出神，沒有專注於比賽的木場衝過去。

並且擋在他身前掩護他。

「……啊，一誠同學？」

啊，一誠同學？現在不是說這種話的時候！你在搞什麼！

球已經飛過來了！沒辦法了！就由我來以身擋球吧！

正當我這麼想時，球的軌道有如指叉球一般下墜，但是威力絲毫不減，直直朝著我的下腹部——

碰————！

「——！」

直、直接命中……

……球，打到球了……嗚啊……

劇、劇烈的疼痛害我壓著胯下，當場倒在地上……

……這、這種難以言喻的痛楚……只有男生才懂……

社員們紛紛衝過來。社長抱住我。

「社、社長……球，我、我的……」

「球在我們手上！你做得很好，一誠！好，把欺負我可愛的一誠的傢伙解決掉吧！」

大、大姊姊，妳的眼神好認真。

不過，說真的……我、我的球……痛到快要不能呼吸……啊嗚啊嗚啊啊嗚……

「哎呀哎呀，社長。妳弄錯了，好像是別的球發生慘劇囉？」

就、就是這樣，朱乃學姊……

社長好像終於了解這是怎麼回事，頓時說不出話來。

「——怎麼會這樣！愛西亞，過來一下。如果因此再起不能就傷腦筋了！」

「啊，是的！難道是一誠先生受傷了嗎……？」

「是啊，好像傷到重要部位了。不好意思，妳帶他到隱密的地方治療一下吧。」

「重要部位？雖然不太清楚，但是我知道了！」

「小貓，帶一誠到別人看不到的地方。」

「……遵命。」

……看、看來事情好像在我痛不欲生時決定了……

「社、社長，我、我沒能派上用場……」

「夠了，一誠。你做得很好。接下來交給我們吧。」

社長伸手在我的臉上溫柔撫摸。

我的後領突然被人用力抓住。

拖——拖——還被拖著走。拖著我的人當然是小貓。

「一誠先生！振作一點！」

愛西亞一面鼓勵我，一面跟在我身邊。

「我們要打贏這場比賽，憑弔一誠！」

遠方傳來社長充滿怒意與氣勢的聲音。我被當成已經死了嗎……

啊啊，如果社長拿出真本事，小貓不在也沒問題吧。

就是這樣，我在第一戰很快地暫時離場，被拖到體育館後面。

○●○

我被拖到沒有人煙的體育館後面……某個地方還是很痛……

「一誠先生，我幫你治療。讓我看看受傷的地方。」

——！我……我怎麼可能讓她看那個地方……

「不、不行，我辦不到……」

「怎麼這麼說！不讓我看受傷的地方，我沒有辦法好好治療！」

愛西亞顯得幹勁十足，但是我不能那樣做……

因為是那個球耶？下面的兩個球喔？要是讓她看，小兄弟也會跟著跑出來……愛西亞應該承受不了那種刺激吧……

「愛、愛西亞……拜託妳……別再折磨我了……」

「怎、怎麼會！我是為了一誠先生……」

唉，看她的表情好像很難過……

「愛西亞，不要哭……妳只要在我的腰部附近使用恢復的神器（sacred gear）就好……我想這樣應該就能痊癒……」

愛西亞身懷連惡魔都能治療的神器（sacred gear）——「聖母的微笑（twilight healing）」。那也是我們眷屬的生命線。超強的治療能力，大部分的傷勢都能立刻治好。

……那麼應該也能治好我現在的傷痛，只是我不能露出受傷的地方。

「我知道了……既然一誠先生這麼說，我也只好照做。」

總覺得她的聲音聽起來有點失望。抱歉了，愛西亞。再怎樣我也不能讓妳又一次看見我的小兄弟。

愛西亞的手中發出溫暖的光芒，同時我那裡的痛楚也慢慢消失。

……好厲害。好溫暖的光芒……啊啊，痛楚就像沒有發生一般消失……

愛西亞的神器就連治療那裡的疼痛也這麼有效……

「……難以形容的場面。」

小貓難得嘆氣。嗯，我也這麼覺得……

「一誠先生，請稍微休息一下。」

愛西亞貼近躺在地上的我，在我眼前捧起我的頭——

我的頭感覺到柔軟至極的觸感！這、這種感覺是大腿嗎？

她、她在讓我膝枕！真、真的假的？

「因為社長這麼做時，一誠先生好像很高興……不過我可能無法代替社長……」

才沒有這回事！運動短褲喔？膝枕喔？運動短褲加膝枕，根本就是夢幻般的場景！

「嗚嗚，謝謝、謝謝。」

我一邊流淚，一邊不停道謝。

「呵呵呵，不知道為什麼，今天一誠先生一直向我道謝。」

『神祕學研究社獲勝！』

宣布好消息的廣播也傳到我的耳中。

—○●○—

沙——屋外下起大雨。幸好是在大會結束之後才下。

啪！

一個清澈的聲音混在雨聲之中。因為社長甩了一個巴掌。被打的人不是我——是木場。

「如何？稍微清醒一點了嗎？」

社長相當生氣。

比賽結果是我們神祕學研究社得到冠軍。我、愛西亞、小貓也在途中歸隊，隊伍團結一心贏得勝利，但是……

只有一個人不合作。就是木場。

他雖然有幾次貢獻，但是從頭到尾都在發呆。比賽途中社長也罵過他，然而木場還是一副不以為意的樣子。

如果社長沒罵他，發火的人就是我。

挨了巴掌的木場面無表情，不發一語。

……這、這傢伙是怎麼了？他真的是木場嗎？相差太多，簡直就像變了一個人。平常明明是個笑容滿面的陽光型男。

這時木場突然一如往露出笑容：

「可以了嗎？球技大會已經結束，也沒必要練習了，我可以休息到晚上吧？而且我也有點累，平常的社團活動也讓我休息吧。白天的事我很抱歉，我的狀況有點不太好。」

「木場，你最近真的不對勁喔？」

「和你無關吧。」

聽到我說的話，木場也以虛假的笑容冷淡回應。

「我也很擔心你。」

聽我這麼說，木場不禁苦笑：

「擔心？誰擔心誰？基本上，惡魔的生存之道應該是自私自利吧？好吧，是我沒有聽從主人說的話，這次是我不對。」

嗯——稍微唸他兩句比較好吧。不，為什麼變成我負責做這種事？

以立場來說應該相反吧。應該是我說些衝動的話，由木場澆我冷水才對。

「所有人團結一致時，你這樣會讓我們很傷腦筋。在之前那場戰鬥裡，我們不是體會到慘痛的教訓嗎？我們應該彌補彼此不足的部分，才能夠應付未來的戰鬥不是嗎？我們是夥伴啊。」

聽了我這番話，木場的表情一沉：

「夥伴啊。」

「沒錯，我們是夥伴。」

「你真熱血……一誠同學。我啊，最近才想起一件最基本的事。」

木場突然說出莫名其妙的發言。

「最基本的事？」

「是啊，沒錯。也就是我為何而戰。」

「不是為了社長嗎？」

我是這麼想的。我深信應該是這樣。自己擅自這麼以為。

然而他立刻否定我的想法：

「不。我是為了報仇而活。聖劍王者之劍——破壞那個東西才是我戰鬥的意義。」

木場的表情蘊藏堅定的決心。

當時的我覺得，這好像是我第一次見到這個傢伙的真面目。

Revenge Knight

我走在大雨之中，沒有撐傘。
心想淋點雨正好可以讓我冷靜。
——我和社長吵了一架。
這是我第一次反抗救了我的主人。我實在不夠資格當「木場裕斗」。
但是我沒有忘記對聖劍王者之劍的仇恨。只是有點耽溺於學園的氣氛之中。
結交夥伴、享受生活、付與姓名。我的主人莉雅絲·吉蒙里給了我活下去的意義。
祈求更多的幸福不是好事。當然不好。
我從來沒想過，在達成我們的志願之前，我有資格連同伴們的份一起活下去——
滴答。
我的耳朵捕捉到不同於下雨的水聲。
眼前有個神父。胸前戴著十字架，以可憎的神之名闡述聖言的傢伙。
神父是我最討厭的東西之一。憎恨的對象。我甚至覺得如果他是驅魔師，在這裡耍他一下也無妨。

——！

那名神父的腹部滲血，口中也吐出鮮血，當場趴倒在地。

是誰幹的？是誰？——敵人嗎？

「！」

我察覺到異樣的氣息，瞬間創造魔劍——是殺氣！

鏘————！

銀光在雨中一閃，火花隨之迸射而出。

當我轉向殺氣傳來的方向時，有人揮動長劍襲來。

對方的打扮和死在我面前的神職人員一樣——是個神父。只是這個神父朝我散發鮮明的強烈殺氣。

「呀喝。好久不見。」

我認識這名笑容討厭的少年神父。

白髮的瘋狂少年神父——弗利德．瑟然。之前和墮天使交戰時曾經交手的傢伙。

……他的笑容還是一樣讓人不快。

「……你還躲在這個城鎮？今天找我有什麼事？不好意思，我現在心情很差。」

我以帶著怒意的語氣開口，不過他只是出聲嘲笑：

「那真是太剛好了。棒斃了！我倒是因為能和你重逢痛哭流涕喔！」

光是神父的身分就令我憎恨，更別提依然沒變的不正經語氣，真是令人火大。

正當我準備也在左手創造一把魔劍時，他揮舞的長劍散發神聖的氣焰。

那種光芒！那種氣息！那種光輝！

——我怎麼可能忘記！

「正好我也對獵殺神父感到厭煩，真是太剛好了。好好好，時機恰到好處。我們來試一下你的魔劍和我的王者之劍哪個比較厲害吧？呀哈哈哈哈！我會殺了你做為答謝！」

沒錯，他手中的劍，正是聖劍王者之劍。

Life.2 聖劍，來了。

「聖劍計畫？」

聽見我的反問，社長點點頭：

「沒錯，祐斗是那項計畫的倖存者。」

之後結束平常的活動，我、愛西亞、社長回到我家。

社長和愛西亞來到我的房間，社長鄭重地說出木場的事：

「直到幾年前，基督教內部都有計畫，試圖培育能夠使用聖劍王者之劍的人。」

「……我現在才知道。」

愛西亞不知道這項計畫。看來這種疑似最高機密的計畫不會傳到被奉為聖女的她耳中。

「聖劍是對付惡魔最強的武器。我們惡魔只要碰到聖劍，身體就會立刻燒焦。被斬殺之後肯定會消滅，回天乏術。對於信仰神明，視惡魔為敵的使徒來說，可以說是終極武器。」

聖劍……電玩和小說裡也會出現。我也是惡魔，所以最現實的問題，就是聖劍對我來說是最危險的武器。

「說到聖劍的起源很多，其中最有名的就是王者之劍。在日本也有很多書籍提過王者之劍。到達神之領域者運用魔術、鍊金術等創造出來的神聖武器——聖劍。但是聖劍會挑選使用者，聽說數十年才會出現一個運用自如的人類。」

「木場是擁有創造魔劍的神器(sacred gear)的能力者吧？那麼有沒有類似的神器(sacred gear)能夠創造聖劍？」

這是我的問題。我只是單純覺得既然有魔劍的神器(sacred gear)，那麼必定也會有神聖一方的神器(sacred gear)。

「也不是沒有。但是與現存的聖劍相比，目前的神聖神器(sacred gear)只能算是差強人意。這當然不表示弱喔？其中也有和你的神器(sacred gear)同屬『神滅具(longinus)』的聖具。殺害耶穌基督的人持有的神器(sacred gear)——『黃昏聖槍(true longinus)』應該是最有名的吧。也有人說那是『神滅具(longinus)』的代名詞。」

——「神滅具(longinus)」。

擁有的力量足以打倒神的神器(sacred gear)。我的左手就有一個。原來屬於神聖武器的神器(sacred gear)之中也有「神滅具(longinus)」啊。話說沒想到殺死耶穌的長槍也是「神滅具(longinus)」……就是因為歷史謎團會像這樣突然解開，和上級惡魔聊天才會那麼深奧。

「只是王者之劍、杜蘭朵、日本的天叢雲劍，這些聖劍的力量實在太過強大，能夠與之匹敵的神聖神器(sacred gear)目前並不存在。至於魔劍的情況也是一樣。」

喔——不過都是些我不太了解的事。其實這些我應該都要知道，只是最近要記的事實在太多，有點力不從心……

「祐斗是為了適應聖劍——特別是王者之劍，接受人為培育的人之一。」

「那麼木場能夠使用聖劍嗎？」

社長搖頭回答我的問題：

「祐斗沒能適應聖劍。不僅如此，和祐斗同一時間培育的人，似乎全部無法適應……」

這樣啊……

那麼精通劍術，能夠使用那麼多魔劍的木場，也無法使用聖劍啊。

「教會人士知道祐斗他們無法適應，便擅自將參與實驗的人當成『不良品』處理。」

——處理。

聽起來很不愉快的字眼，內容也很容易想像。

社長大概也覺得不太舒服，忍不住瞇起眼睛：

「包括木場在內，那些參與實驗的人多半遭到殺害。僅僅只是因為『無法適應聖劍』這個理由——」

「……怎、怎麼會，侍奉神的人怎麼可以做出這種事。」

這番話似乎對愛西亞造成很大的衝擊。她的眼角濕了。

不斷被自己曾經相信的東西背叛，的確會想哭吧。

「教會那些人說我們惡魔是邪惡的，但是我認為，人類的惡意才是這個世界上最邪惡的東西。」

社長的眼中帶著憂慮。

社長是惡魔，但是她非常善良。社長說過，那是因為她在人類世界待得太久，產生近似人類的感情，但是我覺得原因不只這樣。

我認為社長天生就是善良的女生。要不然就無法解釋社長的笑容為什麼那麼溫柔。惡魔也是有善良的！這就是我的觀點。

「我讓祐斗轉生為惡魔時，他在瀕死之際仍然強烈發誓說要報仇。正因為他有才能，才會打從出生以來便受聖劍影響，我更希望他能將自己身為惡魔的生命用在更有意義的地方。祐斗擁有的劍術才能如果只是執著於聖劍，那就太浪費了。」

社長大概是希望人生因為聖劍變得悽慘的木場，能夠藉由轉生成為惡魔，稍微得到一點救贖吧。

希望他不要執著在聖劍，以惡魔的身分發揮自己的力量而活——

但是，木場——

「他無法忘懷。忘不掉聖劍、忘不掉和聖劍有關的人、忘不掉教會的那些人——」

木場那麼討厭神父、那麼執著於聖劍的情報，可見他終究還是沒能走出來。

不，自己的人生受人隨意操弄，最後還慘遭殺害，就算心生怨恨也不奇怪。我被那個墮天使大姊殺死時，同樣也是心懷恨意。

更何況他從小時候便經歷這些事，心中的恨意想必非常巨大吧。

社長重重嘆口氣：

「總之，我們再觀察他一陣子吧。他對聖劍的情緒死灰復燃，現在大概也是千頭萬緒。如果他能夠變回平常的模樣就好了。」

「啊，說到這個，他會那樣好像是因為這張照片。」

我把上次那張照片遞給社長。木場說過，這張照片裡的刀劍是「聖劍」，我想應該有某種關聯……

社長一看見照片，便皺起眉頭：

「一誠，你認識和教會有關的人嗎？」

「不，我的身邊沒有。」

我的爸媽也是這麼說。我還特地問過他們。

「只是在我小時候，附近好像住著基督徒。」

「是嗎？沒想到你身邊——不，是超過十年前這裡竟然存在聖劍。真是可怕。」

「那麼這把劍真的是聖劍囉？」

「是啊，這就是聖劍之一。雖然比不上我剛才說明的傳說聖劍，但是依然是真貨。既然如此，這名男子就是聖劍士……原來如此，我聽說過在我之前負責這裡的惡魔被人消滅，如果真是這樣就說得通了。可是我記得——」

哎呀，社長開始自言自語了。

看來她似乎想到什麼。

不過社長沉思了半晌，還是說聲：

「該睡了。無論我們再怎麼想，祐斗的心情也不會那麼容易平復。」

如此說道的社長便——開始脫衣服！

「社、社長！妳、妳為什麼要在這裡脫衣服？」

身上只剩內衣褲的社長愣了一下：

「問我為什麼，一誠也知道我睡覺時要裸體才睡得著吧？」

「不不不不不！問題不是這個，是為什麼要在我的房間脫！」

即使是在慌亂之中，我依然不忘用眼睛欣賞社長的身材。嗚嗯嗯嗯！不管看幾次都這麼美！她剛才脫上衣時，胸部還抖了幾下！

「當然是因為要和你一起睡啊。」

社長以理所當然的口氣回答！

噗！

我的鼻血猛然噴出。

嗚喔喔喔喔喔喔喔喔！沒想到會有女生對我說「想和你一起睡」！

「那麼我也要！我也要和一誠先生一起睡！」

這次是愛西亞脫起上衣！

喂喂喂喂喂喂！這、這樣我是很高興，可是不行吧！

愛西亞，不行這樣！不可以學社長！

「社長！這樣會對愛西亞造成不良影響！請妳穿上衣服吧！」

社長聞言挑起眉毛，看起來不太高興：

「不良影響？有必要說得這麼嚴重嗎，一誠？你也知道我都裸睡吧？因為你已經和我睡過好幾次了。」

這下子是愛西亞對社長的話有所反應：

「……睡、睡過好幾次……？怎、怎麼會，一誠先生和社長……？」

社長的話似乎對愛西亞造成不小的打擊，她渾身顫抖，熱淚盈眶。

等、等等，現在是什麼情況！

「愛西亞，今天晚上就讓給我吧。」

「不要……我也有權利向一誠先生撒嬌。我也想和一誠先生一起睡！」

愛西亞！妳就這麼想和我一起睡嗎！雖然心情有點複雜，但是我很高興！

我在愛西亞淚濕的眼中感受到強大的意志，像是在說「我絕對不會退讓」！

嗚哇啊啊啊，我的房間要爆發女生的戰爭了！拜託妳們別吵了！

雙方僵持不下，彼此互瞪，相視的眼神迸出火花……夾在中間的我不禁覺得尷尬，拚命呼吸氧氣。這裡的氧氣濃度好稀薄！太稀薄了！

「那麼就讓一誠來決定吧。」

社長看向我，眼神透露「選我！」的訊息，魄力十足！

「一誠先生，你願意和我一起睡吧？」

愛西亞淚眼汪汪地表達她的訴求。因為她不帶矯飾，發自真心做出這樣的舉動，我忍不住快要投降。

無論選誰，另一個人都會恨我——

未曾經歷的選擇讓我苦惱不已。

—○●○—

「呼……」

我在廚房喝杯水，喘了口氣。

……後來我用「這次妳們兩個都和我一起睡」的說法，總算解決那個問題。

當然，我也請社長至少今天晚上要穿睡衣。否則那麼一來，連愛西亞都會學她裸睡。

……感覺愛西亞會在社長的影響之下，變得越來越色……不、不過要是真的變成這樣，我也挺高興的，可是心情還是很複雜。愛西亞是我必須保護的對象。應該保護的女孩變得越來越色……或許是件好事！但是好像也是壞事……嗚嗚，我的小腦袋沒辦法處理這種問題。

床上的社長和愛西亞睡在我的兩邊，把我夾在中間。這是我夢寐以求的情境！再也沒有比這更美妙的事！有美少女睡在身邊耶？這對男人來說是最棒的狀況吧！

我心裡這麼想，但要是對左邊的社長出手，愛西亞應該會生氣；對右邊的愛西亞出手，又會受到良心的苛責。

生不如死！混帳！真是生不如死！

我在廚房抱頭苦惱，流下悔恨的淚水。當然，有女生睡在我的兩旁，我根本亢奮到無法入眠！我壓抑想揉胸部的衝動，收起想摸大腿的手，找到機會溜下樓。她們兩個應該還在床上睡得正香吧。

——可惡！好想上啊啊啊啊啊！

這表示我進入人生最高峰的桃花期吧？其實應該趁這個機會，一鼓作氣做些不能說的事情才對？

三個人一起做色色的事！這真的不被允許嗎！

如果是後宮，多P也是理所當然的！我聽說那只是小菜一碟！既然這樣，難道我不適合擁有後宮嗎？

如果我有才能，現在應該已經讓社長和愛西亞沉溺在快感的大海裡，任憑我擺布了才對！怎麼會這樣！我又知道一個令人絕望的真相！我即使和兩名以上的女生一起睡，也無法展現男子氣概！

對於社長我好像可以出手卻又不敢！而要我玷污愛西亞更是絕對行不通！會有這種想法，是因為我經驗不足嗎！還是因為我是處男！

怎麼可能！在我的腦內模擬……

「哼哼哼，今天該寵幸誰呢？」

「一誠大人！選我吧！可憐可憐我吧！」

「妳在說什麼！我是個沒有主人的○○就活不下去的卑賤女人！請您選我吧！」

「你們不要煩我！哥哥！我按捺不住了！拜託！滿足我吧！」

「哈哈哈！喂喂，饒了我吧。我的身體只有一個喔？妳們先決定順序吧！乖乖猜拳，不要吵架。哈哈哈，這群小貓真是傷腦筋。」

在我的腦內明明是這麼完美——

現實真是殘酷。

眼淚輕輕從我的臉頰滑落。那畢竟只是我的腦袋製造出來的妄想。

啊啊，我何時才會有初體驗？總覺得我差不多是時候可以和女生相好了。

什麼？無緣？怎麼可能……我都已經看過好幾次胸部了……

但是要再進一步，卻是如此困難——

嗚嗚，為什麼會這樣……

『嘿——搭檔。抱歉，在你煩惱時還打擾你。』

——

沒想到……他會主動找我說話。

寄宿在我的左手、寄宿在神器（sacred gear）「赤龍帝的手甲（boosted gear）」的存在，「赭紅色的龍之帝王（welsh dragon）」——德萊格。在對上菲尼克斯家的排名遊戲之後，他突然對我說話。之後還給我神器（sacred gear）擁有的終極力量，名為「禁手（balance breaker）」。

藉由這股力量，我打倒萊薩．菲尼克斯，成功解除社長的婚約。然而我為了得到這股力量付出代價，使得我的左手變成龍手。

現在因為有社長和朱乃學姊的幫忙，我的手總算變回普通的模樣，但是必須定期發散龍的力量，否則又會變成龍手。

話說你在那之後不但沒有出現，而且不管我怎麼呼喚都不理我！

『哎呀，別這麼說。這次我不會躲了。我們稍微聊聊吧。』

我坐到客廳的沙發上。

「突然跑出來有什麼事？」

『哎呀，別這麼說。』

難道我體內的那個什麼龍之力又累積到一定程度了嗎？這傢伙會找我說話，或許也是因為那個的影響……

明天朱乃學姊會幫我發散力量。呼呼呼，好期待明天。那種方法很色的……我的口水都快滴下來了。

『你的腦袋還是一樣裝滿不正經的思想啊。』

德萊格一面嘆氣，一面喃喃說道。

「少囉嗦！我現在正值敏感的時期！——好了，你想說什麼？」

『想聊異性的話題也可以。』

「……你都聽到了？」

『是啊，我隨時和你在一起，不想聽到都不行。』

這樣啊。全部聽見了？而且他好像聽得到我的部分心聲，因此更是惡劣。

『吉蒙里及其眷屬在惡魔當中，也算是感情特別豐富的。你的主人和同伴也不例外。尤其是莉雅絲・吉蒙里對你的憐愛似乎特別強烈……她好像很疼愛你吧？』

「……嗯，是啊，的確非常疼愛我。」

我雖然感到害羞，還是表示肯定。他說得沒錯，社長的確特別疼愛我。而且我覺得在我打倒萊薩之後，她更加疼愛我了。即使是在其他社員——在眷屬面前，也會緊緊抱住我……還親吻我的臉頰……

我很高興，又覺得有點難為情，不知道該如何是好。

『哼哼哼，以你的年紀也該嘗試女色了。這種事情還是趁早體驗來得好。天曉得「白色的傢伙」什麼時候會出現在我們面前。』

「……對了，我之前就想問你，你說的『白色的傢伙』是什麼？」

『——白龍，Vanishing Dragon。』

——

Va、Vanishing……Dragon？

和德萊格——和Welsh Dragon有關係嗎?這麼說來，德萊格的稱號是「赤龍帝」。那麼那個白龍又是——

正當我沉思之時，德萊格對我說道：

『神和天使、墮天使、惡魔，三方面在很久以前歷經過一場大戰，你知道吧?』

「是啊。」

這件事我聽社長和其他社員說過。因為這好像是基礎。

『當時各種生物也紛紛為三大勢力助陣。妖精、精靈、西方魔物、東方妖怪、人類——但是只有龍沒有幫助任何一個勢力。』

「為什麼?」

『這個嘛，為什麼呢?事到如今我也不知道確切的理由了。不過每一條龍都充滿力量，每一條龍都是自由奔放而且恣意妄為。其中有變成惡魔的龍，也有協助神的龍，但是大部分都認為大戰和自己無關，隨心所欲過活。』

嗚哇——龍是這麼麻煩的生物啊。太自由了吧。

『然而在三大勢力的大戰之中，有兩條笨龍開始大打出手。而且他們在龍當中的強度也是數一數二，擁有的力量甚至匹敵神與魔王。兩條龍根本不管什麼大戰，即使波及三大勢力的成員依然自顧自地打架。對於三大勢力而言，沒有其他東西比那兩條龍還要礙事。三大勢力是為了稱霸世界認真作戰，但是那兩條龍根本不管這些，在戰場上大鬧特鬧。』

真是糟透了！根本就是超級麻煩製造龍！

「他們為什麼要開打？」

『這個嘛，也不知道他們是生什麼氣。他們自己一定也想不起來，一開始吵架的理由是什麼了。於是三大勢力一氣之下，心想「不先收拾那兩條龍，這場大戰根本打不下去！我們合力打倒他們吧！」首度攜手合作。』

……彼此敵對的勢力結成同盟嗎？而且理由是龍在打架。感覺好像很複雜。

『打到一半受到阻撓的兩條龍更是氣急敗壞。說什麼「別妨礙我們！」、「不過就是神與魔王，不准介入龍的決鬥！」惱羞成怒，完全就是兩個蠢蛋。他們向神、魔王、墮天使的首領大表不滿——不過這是個錯誤的決定。』

真是兩條最差勁最爛最兇惡的龍。

只是這麼一來我大概知道了。那兩條龍就是——

『結果兩條龍被切成好幾段，靈魂也化為神器(sacred gear)封印在人類的體內。靈魂封在神器(sacred gear)之中的他們以人類為媒介，彼此數度重逢、數度戰鬥。每次都有一方獲勝，有一方死去。偶爾也有在重逢之前便有一方死去，沒有戰鬥的情況，但是多半都會打起來。在身為媒介的人類死後，身為神器(sacred gear)的兩條龍也會暫時停擺，靈魂在這個世界飄流，直到下一個能夠寄宿龍之力的人類誕生。在漫長的歲月裡，這種事已經重複過無數次。』

「他們就是你和『白龍（Vanishing Dragon）』吧。」

『是啊，沒錯。這次我的宿主是你，而且居然變成惡魔。在漫長的歲月裡，這還是頭一遭。所以我很期待這次會有什麼發展。』

喂喂，自己擅自寄宿到我身上，不要以我的人生為樂好嗎？

可是我應該要對這個傢伙清楚聲明我的夢想。

所以我清清喉嚨，高聲叫道！

「聽好了，德萊格！我想晉升上級惡魔，成為後宮王！我的夢想是收一大堆女孩子為眷屬惡魔僕人，組織只屬於我的美女軍團！」

德萊格頓時沒什麼反應，但是隨即笑了起來：

『哈哈哈！你也是頭一個擁有這種夢想的宿主。大部分的宿主得到我們的力量，不是恃之而驕，就是驚恐失措，總之沒有人能夠度過正常的人生。』

「咦？那麼我是異常囉？很奇怪嗎？」

『奇怪是奇怪，倒不是異常。無論如何，你都是被龍附身的人。龍在任何時代、任何國家，都是力量的象徵。雖然外型不盡相同，但是許多國家都有龍的圖畫和雕刻吧？人類在各個時代都崇拜龍、敬仰龍、害怕龍。龍會在不知不覺間吸引周遭的人，也可以說是力量聚集在龍的身邊。如果你身邊出現崇拜你、挑戰你的人，大概就是源自龍的力量。』

「……總覺得這是對周圍帶來困擾的力量。所以我可能會被各種傢伙盯上囉？」

『與被力量吸引而來的強者對峙，也是龍帝寄宿者的宿命。但是你不需要太過悲觀，女人也會接近你喔。』

「真、真的嗎！」

『當然是真的。我過去的那些宿主，全都被異性包圍。這叫萬人迷吧？總之不愁沒有異性。』

「也、也就是說，我身邊的女生可以一個換過一個？」

『之前還有人每天晚上都睡不同女人。』

什、什麼——————！歷代的前輩還做過這種事！

真、真是了不起！太棒了！嗚、嗚喔喔喔喔喔喔！

我忍不住在心中發出欣喜的吼叫！厲害！這真是太厲害了！

「嗚、嗚喔喔喔喔喔喔……真、真的假的……你、你這傢伙，不對，原來您是這麼厲害的神器(sacred gear)！」

我不知不覺對著左手低頭，同時話中充滿敬意。

哎呀——我都不知道這是那麼好的道具，這個情報對我來說真是好消息。

『……突然換上尊敬的眼神和稱呼了……我還是第一次遇到像你這麼現實的宿主。』

「別、別這麼說，小的怎麼敢對德萊格大師失禮呢！啊啊，大師，今後還請您多多給我鞭策指教！」

『……真是搞不懂你。不過感覺事情會越來越有意思。總之我們都要小心，別被「白龍（Vanishing Dragon）」幹掉了。』

「對了，『白龍（Vanishing Dragon）』很強嗎？」

『很強。原本我們的力量可是足以壓倒神與魔王，只是我們在被封印變成神器時，也被施加詛咒，很難完全施展力量。即使是這樣，只要熟悉如何使用力量，什麼上級惡魔或是高位墮天使，根本不放在眼裡。』

原來如此，我和另外那個被「白龍（Vanishing Dragon）」寄宿的傢伙，只要窮究神器（sacred gear）的使用方式就能變強。老實說，我對打倒神、打倒魔王之類的事完全沒興趣。

如果能當上魔王，身邊聚集許多女生應該也很棒吧。

……我和墮天使之間有過爭執，但是不想遇見他們的幹部。

可是即使我再怎麼不願意，是不是遲早都會碰上那個「白龍（Vanishing Dragon）」？

宿主是誰？八成是我不認識的傢伙吧。不過真希望是個女生。

我想盡情享受生活，不被龍的宿命侷限！也要日益精進，不可以輸給那個「白龍（Vanishing Dragon）」！

「無論如何，我現在的目標是社長的胸部。我要──」

『揉她的胸部？』

「不，是吸！」

『…………』

我說得清清楚楚。龍帝那傢伙不知為何悶不吭聲。這是啞口無言？還是不知道該說什麼？總之我不管這麼多，繼續說下去：

「社長胸部的觸感……至今仍然留在我的手上。未來如果有機會，我也想揉上一整天！社長或許早有準備，把這個當成給僕人的『獎賞』也說不定。但是只有這樣是不行的！男子漢必須隨時設定遠大的目標！揉胸部就滿足的是二流色狼！所以我要吸社長的胸部！」

『……是、是嗎？好吧，加油。』

他的聲音聽起來似乎很受不了我。不過我可是認真的，龍帝先生。

「德萊格，我要借用你的力量！」

『……協助你吸女人的胸部嗎……我居然落魄到這種地步。不過這也挺有意思的。偶爾有這樣的搭檔也不賴。』

儘管嘆氣，他還是答應了。總覺得這個傢伙對一些奇怪的事看得很開。

「好！我們一起大展身手吧，搭檔！」

『是啊，就這麼辦，搭檔。』

就是這樣，我和龍帝訂定新的目標，在深夜立下誓言。

—○●○—

發散龍之力的方法。

那就是請高位惡魔吸取力量，使之沉寂。

方法好像有很多，但是最簡單、最確實的選擇，似乎是直接從本人身上吸取。

至於我使用的方法……怎麼說……對於好色學生來說實在是太刺激了。

我身邊身為高位惡魔又能夠那麼做的，只有社長和朱乃學姊。她們輪流定期從我身上吸取龍之力。

今天正好是吸取龍之力的日子，於是我來到舊校舍二樓，朱乃學姊使用的房間。

這裡原本是教室，但是現在鋪上榻榻米，幾乎變成一間和室。

房裡到處畫著看似某種術式的圖樣，還設有很像咒術道具的東西。

我在房間中央打著赤膊等待。我坐的地方畫了一個魔法陣，聽說這也是儀式當中不可或缺的要素。

她們還說打赤膊也有意義，據說這樣比較適合進行儀式。

有人打開房門走了進來。來者是一身白色和服的朱乃學姊。

平常綁成馬尾的頭髮放下。每次進行這個儀式時，我都覺得頭髮放下來的朱乃學姊充滿妖豔的吸引力！

她對我笑了一下，便以神祕的表情靜靜地坐在我對面。

「我準備好了。來，我們開始吧。」

那、那個，朱乃學姊……

包裹朱乃身體的白色和服……是濕的！一頭黑色長髮貼在上面，感到超級煽情！膚色透出來了！

而且這麼一來，還會發生某種現象……

話說根本看得一清二楚！透出來了！粉紅色的東西！透、透過衣服看得見乳頭！嗚哇，竟然沒穿胸罩！

「哎呀哎呀，怎麼了嗎？為什麼突然不說話……我這身打扮有什麼奇怪嗎？我會全身濕透只是因為儀式所需沖過水。很奇怪嗎？」

朱乃學姊的手滑過我的胸口，好像是故意的。我、我的胯下有反應了……

「不不！非常適合！」

我忍不住盯著朱乃的胸部。

這個透明程度實在太誇張了……咦？難道說，下、下面也沒穿嗎……？

我忍不住看向腰部附近。

——啞口無言。好、好像……真的沒穿。

朱乃學姊完全不覺得害羞，也不見她有打算遮掩的動作！看她的表情，反而像是在期待我的反應！

「那就開始吧，一誠。請你伸出左手。」

「啊，好！有、有勞妳了！」

發散龍之力的方法，就是——

「直接從手指吸出龍之氣，將累積在一誠左手的東西釋放出來。如此一來，你的左手就能暫時變回原本的模樣。」

沒錯，利用直接從身上吸出龍之力的方式來完成術式。以我的情況來說，是請社長和朱乃學姊用嘴巴從手指吸出龍之力來解決。

啾……

朱乃含住我的左手食指，發出猥褻的水聲。

——

唔……我的手指傳來一陣難以言喻的觸感。

不管經歷過幾次，我都覺得女、女生的口中……超棒的！濕濕的，很溫暖，然後嘴唇又很柔軟……

而且一直用力吸吮我的指尖……這種感覺超爽的！

真的好、好舒服！超爽的！腦袋裡都變成粉紅色了！

太妙了！妙透了！

我正在享受超越Ａ片的情結！

啾、啾、啾……

朱乃一邊吸，一邊故意發出猥褻的聲音。彷彿是要充分玩味我的反應！

至於我則是動彈不得，只能滿臉通紅，沉溺在吸吮的快感裡。

啊啊，我要把這個場面永久保存在腦中！

不對，仔細想想，她之後還會一直幫我吧？

嗚喔喔喔！

果然棒透了！這種事要不是我的手變成龍手，還真的沒機會遇到！

德萊格！如今正是我最美好的時光！

面對如此煽情的場面，左手的力量波動也一點一滴集中到指尖，吸出體外。

隨著力量被吸出去，左手沉重的感覺也跟著減輕。左手感覺越來越輕鬆。

我還感覺到好像是德萊格的意識的東西，在我體內逐漸變淡。我知道了，看來是在龍之力變得強烈時，我就能和他說話囉？

正當我如此心想之時。

滑。

「噫！」

我忍不住叫出聲來！

誰叫朱乃學姊突然用舌頭舔我的指尖！

接著還用舌尖不住輕撫我的指腹！朱、朱乃學姊？

仔細一看，朱乃露出惡作劇的笑容，看起來顯然打開S的開關。

我的手指離開朱乃學姊的嘴唇，上面還連著一絲唾液。

嗚！太色了！

「哎呀哎呀，看到你這麼純情的反應，我就忍不住想要給你一點額外服務。」

「額、額外服務？」

「是啊，我稍微疼愛一下學弟也不為過吧。」

朱乃學姊再次含住我的手指，身體也慢慢靠了過來。

咦咦咦咦咦咦咦咦！朱、朱乃學姊！等一下！這是怎麼回事！

朱乃學姊完全不理會我的困惑，帶著妖豔的微笑抱住我！

潤澤的黑髮散發宜人的馨香！不，朱乃學姊身上更傳來女孩子特有的香氣，足以劇烈刺激男生的下半身！

而且我現在打著赤膊，朱乃學姊身上的白色和服又很薄，所以我能夠直接感受到女性肢體的觸感！

朱乃學姊的濕衣服有點冷，卻又能夠感受到溫暖的體溫，這種溫差刺激我的情慾，我不禁快要發瘋了！

朱、朱乃學姊的身體好柔軟————！

胸、胸部的觸感，只隔著一層薄薄的布……

噗嘩！

鼻血噴出來了！那是當然！在這種情況下噴出幾公升鼻血都不夠！

朱乃學姊貼近渾身僵硬的我，在耳邊用性感的聲音輕聲細語：

「其實我也很中意一誠喔。」

「中、中意我？」

「是啊，我一開始把你當成可愛的學弟，但是最近不同了。之前對抗菲尼克斯那一戰，我透過治療室的螢幕，看著一再倒地卻又不斷爬起來的你。」

啊啊，這麼說來，朱乃在那場戰鬥裡打到一半便不幸退場，傳送到治療室了。

「接著你闖進訂婚派對救走社長，甚至打倒號稱不死之身的菲尼克斯——看見如此奮戰的男性，我也不由得心動。」

「心、心動……？」

朱乃學姊從正面看著我，「呵呵。」笑了一聲：

「有時候我一想到你，胸口就會忍不住發熱，自己也無計可施。而且像這樣逗弄一誠，S的本能就會高漲。我該不會是……戀愛了吧？」

戀、戀愛！咦，她這是在捉弄我吧！有這種性方面的捉弄嗎！世界真是遼闊！

「可是我要是對你出手，莉雅絲會生氣吧。因為她對你……呵呵呵，一誠真是個罪孽深重的男孩子啊。」

……罪孽深重？我、我嗎？那麼無論要受到任何懲罰都行，請繼續保持這個狀態！

話說回來，朱乃學姊之前稱呼過社長「莉雅絲」嗎？

她們兩個該不會在私下獨處時，是以名字互稱吧？因為社長和朱乃學姊的交情比我們更久更深嘛。

就在此時，朱乃學姊伸手摟住我的脖子！

而、而且她還故意把白色和服鬆開！連右胸那個渾圓的桃色突起都看得很清楚！腿、腿也大膽地露出來！

「想不想和我偷情啊？」

「偷、偷情！」

這是相對於什麼的偷情！不過「偷情」兩個字真是讓人興奮！

「呵呵呵，接下來發生的事我會對社長和愛西亞保密。兩個人的祕密，很火熱吧？」

嘩啦嘩啦嘩啦嘩啦。

鼻血不住從我的鼻孔流出。

「我也很想體驗一下，被比自己小的男生憑著慾望予取予求的感覺。我意外地有點M傾向呢。而且我想差不多是與和男性發生關係的時候了。」

請、請別這樣……這、這一連串殺傷力十足的話語未免太可怕了……

等等，「是時候了」？這表示——

「朱乃學姊，難道妳……？」

「是啊，我還是處女喔。呵呵呵，我想一誠的經驗應該很豐富吧，希望你可以好好帶領我。」

「不、不，我也……沒、沒有經驗……」

對於我難為情的表白，朱乃學姊似乎很意外：

「咦？真是驚訝。我還以為你和社長已經……」

「不不不，沒有！只是我不知道找我擔任初體驗的對象真的好嗎！」

「哎呀哎呀。社長真是的，沒想到動作居然這麼慢？那麼愛西亞呢？」

「更不可能！」

我一直無法對她們兩個出手。而且愛西亞又是另外一回事。愛西亞對我而言是應該保護的對象，對她出手是無法原諒的行為……雖然這是我的私自決定。

「我還以為如果是一誠，社長一定會每晚給你『美妙的獎賞』呢……哎呀哎呀，真是出乎意料。」

嗚嗚，所謂的「美妙的獎賞」是什麼！真的是那個嗎？能夠一口氣滿足高中男生性慾的那個？

「一誠不想和她們發生關係嗎？」

「想！當然想！我一直壓制推倒社長的衝動！可是總是無緣跨過最後的界線，只能把眼淚往肚裡吞！我也很想和社長還有愛西亞做愛！」

啊啊，我終於說出真心話了！可是這是我真正的想法。和兩名美少女一起生活，身為健全的男生當然會不知道該如何處理自己的性慾啊！

「真可憐……哎呀哎呀，兩邊都這麼保守……你們要有那個意願，一定可以……不過這麼一來，我也不好擅自奪走一誠的貞操。」

……糟糕。她真的想和我發生關係嗎？我是不是太多嘴了？

話說要是順利，應該可以告別處男吧？等等等等！我該不會做了很蠢的選擇吧？

此時突然有人打開房門。我看向門口，只見──

社長站在那裡，眼角不停抽動：

「朱乃。這是怎麼回事？」

社長步步逼近，聲音顯得不太高興……嗚哇──生、生氣了……

「呵呵呵，我只是在發散他的龍之力。」

毫不介意的朱乃學姊輕描淡寫地回答，臉上依然保持笑容。

「……是嗎？可是我怎麼看，妳都像準備要做更進一步……除此之外的事吧？」

「哎呀哎呀，我可沒有打算做到最後喔？」

「即使不做到最後也該有所節制。就連我也……」

「那是妳的動作太慢吧？看書學習是很好，但是凡事都照本宣科可不行喔。」

「…………」

「…………」

彼此互瞪——好吧，雖然還不到這種程度，但是社長和朱乃學姊的視線確實對上了。

感覺有股莫名的震撼力。

呃，嗯～～難以言喻的氣氛。我連忙穿好衣服，避免與她們接觸。

這時社長狠狠瞪了我一眼，然後捏我的臉頰。好、好痛！

「一誠，你好像挺開心的？是不是和你崇拜的朱乃大姊姊充分聯絡感情了？」

「沒、沒有嘎，我、我是……」

社長捏著我的臉頰，讓我沒辦法好好開口。但是這個時候狡辯實在不像個男人，所以我也沒有多說什麼。儘管是對方主動，但是我有所期望也是事實。

社長嘟起嘴巴，丟下一句「隨便你們！」便轉身離開房間。

啪！

甩門的動作十分用力。嗚嗚，我惹社長生氣了。為什麼？真的是因為我和朱乃學姊幾乎要做出猥褻行為的緣故嗎？

正當我感到疑惑時，朱乃學姊輕聲說道：

「妒嫉的她真是可愛。呵呵呵，一誠，看來你們的關係正在穩定發展呢。」

這是什麼意思？嗯——我實在搞不懂她是根據什麼，判斷我們有所發展。

社長是不是覺得朱乃學姊會把我搶走？我是社長的僕人，應該沒有辦法變成朱乃學姊的僕人才對……

可是看到社長像愛西亞一樣嘟起嘴巴生氣，讓我覺得好可愛。

—○●○—

結束了一天的學業和表面的社團活動之後，我和愛西亞走在回家的路上。

平常社長會和我們一起走，但是今天她不在。

看來她還在介意我剛才和朱乃學姊的事。

「社長，妳不回家嗎？」

「我晚點再回去。你們先走吧。」

我在社辦這麼問她，但是她不僅沒有正眼瞧我，甚至不肯面對我。而且還是以帶刺的語氣回答。

嗚嗚，社長討厭我了嗎？好難過……

被主人罵的狗大概就是這種感覺吧？好心酸……好寂寞……

「社長沒有要一起走嗎？」

「嗯？嗯……因為我好像惹社長生氣了……」

「……你做了什麼嗎？」

如此詢問的愛西亞看起來好像很擔心，但是如果我說出和朱乃學姊發生什麼事，事情又會變得更加複雜。

「沒有，都是我的錯。之後我會向她道歉，愛西亞不用太在意。」

「……我知道了，可是說不定是我的錯。因為我最近老是與社長頂嘴……」

愛西亞像是反省一般開口。

雖然愛西亞把社長當成勁敵，不過應該不是這個關係。

原因肯定是我和朱乃學姊那件事……

「放心吧，我想社長沒有在生愛西亞的氣。是我不好。」

誰叫我這麼好色……

可是社長對於我很好色這點應該是很寬容的。她對於我的夢想是成為後宮王這點，也沒有特別說些什麼。

真奇怪。最近的社長好像有點怪怪的。或者只是對惡魔僕人的占有欲比較強嗎？

就好像自己養的寵物跑去黏著別人時，心情會有點複雜吧。儘管受寵，但是我對社長來說不過只是個僕人。

嗚嗚，光是對付一個女生就這麼困難，看來我想成為後宮王是個遙遠的夢想！可惡！我之前不受歡迎的理由該不會也是這樣吧？

少女心好深奧！如果沒辦法搞懂少女心，感覺應該贏不過那些型男！

在回到家之前一直胡思亂想的我，正要打開家門時，感覺到一股難以形容的寒意。抖……

這是怎麼了？好像全身發出危機警報……

以前也有過這種感覺。記得那是在第一次遇見愛西亞，帶領她到教堂時的事。看見教堂的我打從心底發抖。

揪。

愛西亞以顫抖的手緊緊握住我的手。看來愛西亞也感覺到某種不安。

既然如此，就表示這是只有惡魔才有的感覺。

家裡有別人嗎？難道說——

媽媽！媽媽有危險的想法在我腦中閃過，我趕緊打開門。

脫了鞋子，一口氣衝向廚房！

不會吧！媽媽！怎麼可能！我的惡魔身分曝光了？被誰知道了？墮天使？神？天使？教會人員？無論是哪個勢力都很危險！

他們可能會不由分說砍殺和我們有關的人！

那個臭神父——我的腦中浮現弗利德殺死的人。

千刀萬剮，慘不忍睹的遺體。

難道媽媽也會變成那樣！可惡！別鬧了！不可能！怎麼可能發生那種事！

廚房裡沒有媽媽的身影。接著我聽見客廳傳來聲音，好像是笑聲。

就在我快步走進客廳之時。

眼前出現兩名陌生女子——以及有說有笑的媽媽。

「然後這張是一誠小學時的照片。妳看妳看，這張是他在游泳池弄破泳褲。當時超慘的。他就這樣穿著破掉的泳褲跑到游泳池的滑水道。」

「……媽、媽媽？」

大概是發現到我了吧，媽媽轉頭看著我：

「哎呀，一誠回來啦。怎麼了？臉色好難看。」

「啊嗚嗚嗚。太好了～」

大概是因為放心了，身後的愛西亞身子一軟，癱坐在地。

由於媽媽平安無事，我也冷靜下來喘口氣，但是那種難以言喻的不安還是無法平息。

那是當然。因為那兩名陌生女子——年輕的外國訪客，胸前都掛著十字架。看起來年紀都和我差不多。

其中一人是栗色頭髮，另一人則是頭髮綠色挑染，眼神兇惡。兩個人的長相都很不錯，只是從她們的舉止態度來看，連我都知道她們不是普通人。

兩個人都穿著白色長袍。

——是基督教會相關人員。

是驅魔師嗎？不妙。總不能在這種地方開打吧。

「你好，兵藤一誠。」

栗色頭髮的女子對我微笑。

她身旁的頭髮綠色挑染女子旁邊，擺著一把用布包起來的武器。

就是它。我從那把武器感覺到極大的危險，危險的氣息不斷刺激我的肌膚。那大概是用來消滅我們——消滅惡魔的東西吧。

「初次見面。」

我硬是擠出笑容，打聲招呼。

然而對方卻像是感到很訝異，挑起眉毛說道：

「咦？你不記得了？是我啊？」

……啊？栗色頭髮的女子伸手指著自己。不，我完全沒有印象喔？

正當我不知如何反應時，媽媽拿出一張照片。就是那張照到聖劍的照片。

媽媽指著小時候認識的那個男孩子：

「就是她。紫藤伊莉娜。小時候像個小男孩，現在變得這麼漂亮，嚇了媽媽一跳。」

……啥？她、她就是小時候住在附近，時常一起玩的小孩子？

咦咦咦咦咦咦咦咦咦咦！照片上的這個小孩！而且是女生！不、不是男生嗎？

「好久不見，一誠。你以為我是男生嗎？這也沒辦法，小時候的我可是比男生還頑皮。

不過許久沒見，看來彼此都在這段時間經歷了很多。這次的重逢也不知道會發生什麼事。」

意有所指的話語。沒錯，她察覺到我的真實身分了。

○●○

「幸虧你們沒事。」

社長抱著我和愛西亞。

之後紫藤伊莉娜和另外一名看似教會人員的女子，和我們聊了三十分鐘左右之後離開。

聽說她是因為很久沒回日本，而且又來到小時候住過的地方，不禁懷念從前，所以才會前來拜訪。

聽說她小時候因為父母的工作需要去了英國，但是無論我怎麼想，她的父母應該也是教會人員。

我和愛西亞盡可能不理她們，交給媽媽處理。尤其是愛西亞，由於我不希望她和教會人員有所接觸，所以硬是找個理由要她回房間等待。

我也作好心理準備，要是有什麼萬一隨時可以戰鬥……幸好什麼事都沒發生。

在那之後，社長回家時的反應也像我們一樣，臉色大變，衝進房間。

確認我和愛西亞平安無事之後，她立刻抱住我們：

「有沒有受傷？她們沒有對你們做什麼吧？說啊，一誠、愛西亞？」

社長真的很擔心我們地發問。

「沒、沒問題。她們好像知道我們是惡魔，但是這裡畢竟是一般住家，媽媽也是普通的人類，所以她們大概也不方便出手。」

「我和一誠先生都沒事，社長。」

社長把我和愛西亞抱得更緊，像是抱住什麼重要的東西一般不肯放手。

「啊啊，一誠。太好了……如果你和愛西亞有什麼萬一，我……表面的社團活動結束之後，蒼那找我說了一些事。她說有教會人員潛入這個城鎮——而且還帶著『聖劍』。」

社長因為和會長聊得太久，才回來得比較晚，在兵藤家附近感覺到家裡傳出異樣的氣息，連忙趕回家。

社長還說走進家中後，神聖之力的濃度變得更高，害她忍不住臉色發白。看來這讓她相當忐忑不安。

「我甚至作好心理準備迎接最糟糕的狀況，以為我可愛的僕人們慘遭不測喔……？如果在不歡而散的情況失去你們，我一定會後悔到死吧。對不起。我應該更珍惜你們……」

──吉蒙里一族是感情特別豐富的惡魔。

我想起昨晚德萊格說過的話。

我也覺得他說得沒錯。社長確認我們平安無事之後，放心地嘆了口氣，同時流下眼淚。她是打從心底擔心我們。

她和愛西亞之前有些小衝突，而且剛對我發過脾氣。我們兩個也都覺得自己好像惹社長生氣了。

看來社長也很在意她和我們之間的不愉快。

「社長，我不應該一直跟妳頂嘴，對不起。我只是覺得，一誠先生會被社長搶走……覺得我一定贏不了……」

愛西亞鄭重道歉。社長微微一笑，摸摸愛西亞的頭：

「沒關係。」

社長以充滿包容力的慈愛緊緊抱住我們。

啊啊，我可以感覺到社長的愛。說、說不定現在做些不合理的要求也沒問題？

「社長，胸部。」

「好好好，我知道了，一誠。你真的很愛撒嬌——」

「不行。」

愛西亞分開我和社長。嗚嗚嗚，就差這麼一點。

在我們三人恢復平靜之後，社長清清喉嚨繼續說道：

「蒼那白天已經和她們接觸。根據她的說法，她們想找我——想找以這個城鎮為地盤的惡魔莉雅絲．吉蒙里商量。」

「教會的人找惡魔商量？」

面對我的反問，社長點頭肯定。

我不禁為之驚訝。惡魔和基督教徒應該是敵對關係，但是她們卻說有事找我們商量。

「也就是說要和我們訂契約？這是委託嗎？」

「……我不知道她們有何居心，可是她們已經安排在明天放學之後過來舊校舍的社辦。聽說她們對神發誓，不會對我們發動任何攻擊。」

「她們的話能信嗎？」

「也只能相信了。相信她們的信仰。我們惡魔對她們教徒來說是邪惡的，事到如今卻有事情拜託我們，可見情況肯定相當緊迫，她們碰上的問題想必非常麻煩。總覺得……有股不祥的預感。而且我還聽說來到這個鎮上的神父接連遭到殘殺。」

社長瞇起眼睛，面有難色。

……確實有點害怕。畢竟連那個加入墮天使那邊的該死神父弗利德，都打從心底輕蔑、侮蔑、厭惡我們惡魔。

正當的教徒對於我們的厭惡感，更是到達極點吧？

——這下子會出事。

即使是剛加入這個世界的我，也忍不住這麼覺得。

—○●○—

隔天的放學後。

我們吉蒙里眷屬的惡魔全體奉命在社辦集合。

沙發上坐著社長和朱乃學姊——還有那兩名女子。

我們其他眷屬待在社辦的角落，看著社長和教會人員的互動。

打從她們走進社辦，我便一直感到寒意。大概是惡魔的本能感應到她們的危險性吧。

與她們應對的社長和朱乃學姊也是一臉嚴肅。

但是感覺最危險的人是木場。他以怨恨的眼神瞪視她們，身上散發的氣息讓人覺得如果有什麼動靜——不，即使是現在突然衝出去砍她們也不奇怪。

畢竟是木場最討厭的現任教徒。一想到他的過去，就讓人覺得他應該怒火中燒。

在這樣的氣氛裡，首先開口的是教會人員——紫藤伊莉娜：

「不久之前，天主教會總部梵蒂岡、新教會，以及正教會保管、管理的聖劍王者之劍被人搶走了。」

王者之劍被人搶走了？而且還分什麼天主教會、新教會……

這麼說來，學校好像教過基督教有分派系。

不過為什麼王者之劍會從天主教會、新教會、正教會分別被偷走？

不是只放在一個地方嗎？

「真正的聖劍王者之劍已經不存在。」

社長回答我心中的疑問。

哎呀呀，社長完全可以看穿我的內心嗎？

「不好意思。我的僕人裡有人剛變成惡魔，在我們繼續交談的過程中，能不能同時說明一下有關王者之劍的事呢？」

紫藤伊莉娜點頭接受社長的要求。

「一誠，王者之劍已經在遠古的大戰裡斷了。」

伊莉娜轉過頭來，面對我開口。

等等，斷了？聖劍斷了？那不是超級有名的劍嗎？

「現在變成這副模樣。」

頭髮綠色挑染的女子打開身旁的長型布包，出現一把長劍——

「這就是王者之劍——」

我一看見那把長劍，感覺所有的毛孔好像全部張開，一股寒意竄遍我的全身上下。

抖。

恐怖——顫慄——畏懼——

不過是把長劍，卻能讓我打從心裡感到恐懼，嚇得發抖。不妙。這個真的很不妙。

就連我也立刻明白，惡魔只要一碰到這個東西，便會立刻死亡。

這就是聖劍？這就是殺害惡魔的必殺道具？

「王者之劍在遠古的大戰四分五裂，這是人類撿回斷裂的刀刃碎片，藉由鍊金術製造的武器。當時總共打造七把。這就是其中之一。」

那麼這把並非真正的王者之劍，而是後來製造的新王者之劍囉？

「我現在所拿的王者之劍，是『破壞的聖劍(excalibur destruction)』。是分成七把的聖劍之一，由天主教會管理。」

介紹過自己的武器之後，頭髮挑染的女子再次用布包好王者之劍。

仔細一看，那塊布上寫著一些文字，似乎是某種咒語。平常得把它封印起來嗎？無論如何，那個東西肯定很危險。

伊莉娜也從懷中掏出某樣東西，看起來像條繩索。

那條繩索彷彿有自己的意識，開始扭動了起來。

——

繩索在我眼前改變形狀，化成一把日本刀。

她以自豪的模樣說道：

「我的是『擬態的聖劍(excalibur mimic)』。它可以像這樣任意變化外型，所以在隨身攜帶時非常方便。王者之劍就像這樣，各自擁有特殊能力。這把目前由新教會管理。」

這把王者之劍也同樣讓我感到恐懼。這對我們惡魔而言也是相當危險的東西。

「伊莉娜……沒必要特地為惡魔說明王者之劍的能力吧？」

「哎呀，潔諾薇亞。即使對方是惡魔，現在還是得建立互信關係，否則事情就辦不成了吧？而且即使這裡的各位惡魔知道我的劍有什麼能力，我也不會因此居於劣勢。」

伊莉娜說得很有信心。看來她有絕對的自信，認為自己不會輸給我們。

不過現場竟然有兩把傳說中的王者之劍！

嗚哇！這是一件很不得了的大事吧？

這時，我感覺到身邊傳來一股壓力。

——是木場。

他露出前所未見的兇惡神情，瞪著王者之劍和她們兩人。

對了——木場痛恨王者之劍。我作夢也沒想到，王者之劍竟然會出現在這種地方。我想木場大概也不覺得會在這裡見到聖劍吧。

然而聖劍就在眼前。這個傢伙心裡在想什麼，實在顯而易見。

保持冷靜。可別衝出去了，木場。

社長正在以認真的態度和敵對組織交談。如果你在這種時候衝出去，一切都會泡湯！搞不好還會引發戰鬥！面對傳說中的王者之劍，想必難以避免有所犧牲吧。

「……那麼被人搶走的王者之劍，為什麼和這個遠東國家的地方都市有所關係？」

社長保持原來的態度繼續發問。不愧是我們的大姊姊，見到王者之劍依然面不改色！真是太有膽識了！

那名頭髮有綠色挑染，眼神兇惡的女子——好像是叫潔諾薇亞吧？繼續說下去。

「留在天主教會總部的，包括我的在內有兩把。新教會那邊也有兩把。正教會也有兩把。剩下一把在神、惡魔、墮天使的三方大戰之中不知流落何方。剩下的王者之劍裡，各陣營各自被搶走一把。聽說搶走聖劍的人逃往日本，帶到這個地方。」

喂喂，聖劍小偷那麼喜歡這種地方都市喔。

社長也忍不住扶著額頭嘆氣：

「我的地盤還真是事件不斷。那麼搶走王者之劍的人是誰？」

面對社長的問題，潔諾薇亞瞇起眼睛回答：

「犯人是『神子監視者(grigori)』。」

這個答案讓社長瞪大眼睛：

「是墮天使的組織搶了你們的聖劍？那麼可不是失態兩個字可以形容。不過這麼說來，會搶聖劍的大概只有墮天使了。高位惡魔對於聖劍沒什麼興趣。」

「我們還掌握到犯人的主要成員。是神子監視者的幹部，科卡比勒。」

「科卡比勒……從遠古大戰殘存的墮天使幹部……竟然出現聖經裡也有記載的對手。」

社長聽見對方的名字，也不由得苦笑。

等等，墮天使幹部？王者之劍加上墮天使幹部！事情越鬧越大了！那、那麼她們為什麼會來找我們？難、難道是需要我們的協助？

「不久之前，我們陸續派遣神父——驅魔師秘密潛入這裡，但是全部都被解決了。」

潔諾薇亞如此說道。

真的假的？在我們不知道的地方，發生了這麼殘暴的事……

所以她們果然是來請求協助？希望以這個城鎮為地盤的上級惡魔助她們一臂之力？

然而事情卻和我的想像正好相反，她們明確說道：

「我們的委託——不對，我們的要求是希望盤據這個城鎮的惡魔完全不要介入我們和墮天使之間的王者之劍爭奪戰。也就是說——我們是來叫你們不要插手這件事。」

聽到潔諾薇亞的話，社長挑起眉毛：

「妳的說法真是狂妄。這是牽制嗎？你們該不會覺得我們可能和墮天使有所勾結——想要聯手處理聖劍吧？」

「總部認為不是沒有這種可能。」

社長的眼睛閃爍寒光。她相當生氣！

敵人特地踏進自己的地盤，隨心所欲表示不准對她們的所作所為插手、插嘴，還說不准和其他組織聯手，否則要我們好看，以社長身為上級惡魔的自尊，絕對不可能忍氣吞聲。

「我們的高層不相信惡魔和墮天使。如果能從神陣營除掉聖劍，對惡魔來說應該也是件好事吧？這件事對你們和那些墮天使同樣有利，因此即使聯手也不奇怪。所以我們先投個牽制球——如果你們和墮天使科卡比勒聯手，我們會將你們完全消滅。即使妳是魔王的妹妹也一樣——我的上司是這麼說的。」

潔諾薇亞不畏懼社長的眼神，語氣相當平淡。

「……既然妳們知道我是魔王的妹妹，就表示你們與相當等級的高層有關。既然如此，我就直說了。我不會和墮天使那種傢伙聯手。絕對不會。我以吉蒙里之名發誓，絕對不會做出有辱魔王的行為！」

雙方僵持不下。

但是潔諾薇亞輕笑一聲：

「有妳這句話就夠了。總之我們是來告知卡比勒帶著三把王者之劍潛入這個城鎮的事，否則要是出了什麼意外，我，還有教會總部都會受到多方怨恨。至於協助就免了。如果你們和神陣營聯手，即使只是暫時，也會影響三方制衡的均勢吧。更何況妳是魔王的妹妹。」

聽見潔諾薇亞的話，社長的表情也稍微和緩一點，嘆了口氣。

唔唔，她們打從剛才就一直說些對我來說十分深奧的話題。

「正教會派來的人呢？」

潔諾薇亞回答社長的問題：

「他們暫時不介入這件事。大概是考慮到我和伊莉娜無法搶回聖劍的情況，打算死守最後一把吧。」

「所以只有妳們兩個人？妳們想光靠兩個人的力量從墮天使的幹部手上搶回王者之劍？太魯莽了。妳們想死嗎？」

社長顯得很不以為然，但是紫藤伊莉娜和潔諾薇亞露出堅定的眼神開口：

「沒錯。」

「我也和伊莉娜一樣，但是如果可以我不想死。」

「——妳們是抱著死亡的覺悟來到日本？妳們的信仰還是一樣超脫常理。」

「請不要瞧不起我們的信仰，莉雅絲．吉蒙里。對吧，潔諾薇亞？」

「是啊。而且教會已經決定了，與其放任王者之劍為墮天使所用，不如將它們全部摧毀。我們的使命是至少得解決墮天使手上的王者之劍。為了達到目的，我們死不足惜。能夠對抗王者之劍的，只有王者之劍。」

居然有這種覺悟。這就是信仰嗎？

太驚人了。我無法理解這種情感。她們就那麼想為了神殉死嗎？

「只有妳們兩個辦得到嗎？」

「是啊，那當然，我可不打算平白送死。」

潔諾薇亞以無所畏懼的態度回應社長的問題。

「很有自信嘛。有什麼秘密武器嗎？」

「這個嘛，隨便妳怎麼想。」

「…………」

「…………」

在這陣你來我往之後，雙方只是盯著對方，對話就此中斷。

紫藤伊莉娜和潔諾薇亞彼此使個眼色，站了起來。

「那麼我們差不多該告退了。伊莉娜，我們回去吧。」

「喔，不喝杯茶嗎？至少讓我們請妳們吃些點心。」

「不用了。」

潔諾薇亞揮揮手，拒絕社長的邀約。

「抱歉。我們先走了。」

紫藤伊莉娜也以手勢道歉拒絕。

兩人沒有接受社長的好意，準備離開。但是——她們的視線集中在一個地方。也就是愛西亞的身上。

「——在兵藤一誠家遇見妳時，我還不是很確定，不過妳是『魔女』愛西亞·阿基多吧？沒想到會在這裡遇見妳。」

潔諾薇亞如此說道。

聽見她們稱呼自己「魔女」，愛西亞不由得抖了一下。這個稱呼對愛西亞而言很痛苦。

伊莉娜好像也察覺這件事，眼睛一直盯著愛西亞：

「妳就是有一陣子曾在教會裡蔚為話題，變成『魔女』的前『聖女』？妳好像擁有能夠治療惡魔和墮天使的能力？我聽說妳遭到驅逐，不知道流落何方，沒想到變成惡魔了。」

「……那、那個……我……」

面對兩人的言詞相逼，愛西亞不知如何應對。

「沒事的。我們不會跟高層說在這裡遇見妳，放心吧。因為之前在『聖女』愛西亞身邊的人如果知道妳的現況，想必會大受打擊吧。」

「…………」

伊莉娜這句話，讓愛西亞的表情變得十分複雜。

「不過原本被稱為『聖女』的人，竟然會變成惡魔。妳也真是墮落到谷底了。還相信我們的神嗎？」

「潔諾薇亞。她既然已經是惡魔，怎麼可能還信仰神？」

紫藤伊莉娜以傻眼的模樣開口。

「不，她身上有信仰的味道——有那種香味。這種說法或許抽象，但是我對這種東西很敏銳。即使違背信仰，有些人還是會自覺罪孽，不忘信仰之心。她的身上散發這種感覺。」

潔諾薇亞瞇著眼睛說道，使得伊莉娜好奇地打量愛西亞。

「是嗎？愛西亞即使身為惡魔，還是一樣相信主？」

聽到她的問題，愛西亞一臉哀傷地說道：

「……只是無法完全割捨。因為我一直以來都深信……」

聞言的潔諾薇亞向前伸出手上的布包：

「是嗎？既然如此，妳現在立刻死在我們的劍下吧。現在的我還能以神之名制裁妳。即使罪孽深重，我們的神還是會伸出救贖的手。」

——

一股難以言喻的感覺在我的肚子裡翻攪。

看到潔諾薇亞逼近愛西亞，於是我站到愛西亞身前保護她：

「不准碰她。」

我以清楚的語氣對潔諾薇亞說道：

「要是敢靠近愛西亞，我可不會放過妳。妳剛才叫愛西亞『魔女』是吧？」

「是啊。至少現在的她確實是人們稱為『魔女』的存在吧？」

這、這個傢伙……！我為了對潔諾薇亞的憤怒咬牙切齒，忍不住發出咯咯聲響。

「開什麼玩笑！當她在求救時，沒有一個人幫助她吧！你們這些無法理解愛西亞溫柔的人，全都是些笨蛋！竟然沒有任何人願意當她的朋友，根本就是大錯特錯！」

「你以為『聖女』需要朋友嗎？重要的只有一視同仁的慈悲與慈愛。一旦向他人尋求友情與愛情，就當不了『聖女』。她應該只要有神賜予的愛就能活得下去。可見愛西亞・阿基多打從一開始就沒有資格當『聖女』。」

潔諾薇亞說得一副理所當然的模樣。

可惡！什麼嘛，這些傢伙是怎麼回事！

我無法理解！也不想理解！為什麼可以這麼武斷地說都是愛西亞的錯！

「自己擅自把她當成『聖女』，結果只要稍微和想像不同就棄之不顧？哪有這種事……哪有人像你們這樣的！」

我無法抑制累積已久的情緒。我一直、一直想找和神有關的人抗議！

「你們分明沒有人了解愛西亞的痛苦！神又怎麼樣！愛又怎麼樣！你們的神在愛西亞瀕臨危機時，根本什麼都沒做！」

然而潔諾薇亞只是冷靜回答：

「神是愛她的。如果沒有發生任何神蹟，就表示她的信仰心不足，不然就是虛偽。」

教會裡全是這種混帳嗎？愛西亞之前都是和這種傢伙一起生活嗎？開什麼玩笑。開什麼玩笑啊！

「你是愛西亞的什麼人？」

我堅定地回答潔諾薇亞的問題：

「家人。朋友。夥伴。所以我會救愛西亞，我要保護愛西亞！如果妳們想對愛西亞下手，即使得和妳們所有人為敵我也要一戰！」

聽見我挑釁的話，潔諾薇亞瞇起眼睛：

「這是在挑戰我們——我們教會的所有人嗎？區區的一介惡魔，居然敢說這種大話。吉蒙里，妳的教育有問題喔？」

「一誠，別再說——」

社長原本打算要我冷靜，但是木場擋在我的面前。

「正好。我來當妳們的對手。」

木場帶著劍，身上散發龐大的殺意。

「你又是誰？」

面對潔諾薇亞的疑問，木場狂妄地笑道：

「是妳們的前輩——不過好像是失敗作。」

如此回答的瞬間，社辦裡出現無數把魔劍。

○●○

哎呀呀，事情怎麼會變成這樣。

我站在球技大會前進行練習的地方。

木場站在稍遠處，紫藤伊莉娜與潔諾薇亞則是與我們對峙。

我們的四周出現紅色魔力結界，將我們團團包圍。

其他社員都在結界外面看著我們。

「那就開始吧。」

伊莉娜與捷諾薇亞都脫下白色長袍，身上只剩黑色戰鬥服。雖然沒有露出肌膚，卻有種緊身衣的感覺，好誘人……戰鬥服讓身體線條顯得更加突出。

嗯——兩個人都是該凸的地方凸，腰又很細！

潔諾薇亞將包裹武器的布拿下來，解放王者之劍。

紫藤伊莉娜那把會變形的王者之劍，也變成日本刀的形狀。

我先說明一下事情為什麼會變成這樣。

剛才我和兩名聖劍持有者起爭執時，木場衝了進來，氣氛變得相當緊張，戰鬥幾乎一觸即發。

站在社長的立場，由於是她的僕人先挑釁，更讓她不知道該如何處理。這時，潔諾薇亞提出一個建議。

「試試看莉雅絲．吉蒙里的眷屬有多強，感覺也挺有意思的——而且我也很好奇『前輩』有多大能耐。」

潔諾薇亞接受木場的挑戰。

她還說這會是一場不會向教會報告的私下決鬥。看來她似乎多少顧慮我們的立場，認為只要別鬧出人命便無妨。

場地是舊校舍附近的球技大會練習場。為了不對周遭造成多餘的損壞並且封鎖氣息，朱乃學姊還為我們張設結界。既然這樣，稍微打得激烈一點也沒關係。

所以我也參與他們的決鬥。

……為什麼？為什麼口角發展到最後會變成這樣？怎麼會有這種蠢事……

她們說了愛西亞的壞話，確實是讓我很生氣，但是我沒有想到會要決鬥。

社長制止我時，我已經打算要收手……

都怪木場在那個時候跳出來，事情才會變成這樣。

「一誠，儘管只是比試，面對聖劍還是要非常小心！」

我聽見社長溫馨的叮嚀。

「是、是的！」

我嘴巴這麼回答，身體卻因為想起戰鬥前看的「聖劍恐怖特集！」影片發抖。

影片內容似乎是聖劍持有者與上級惡魔的戰鬥影像，裡面的惡魔被聖劍砍了之後，傷口便開始冒煙。而且傷口部分的肉體還消滅了？如同字面所示，真的消失了。

惡魔被聖劍砍傷將會消滅。肉體就此消失。

好可怕。真的好可怕！真不想被砍到！

反觀木場，他已經發動神器(sacred gear)，在自己周圍製造好幾把魔劍。

「……你在笑？」

潔諾薇亞詢問木場。

木場臉上掛著毛骨悚然的笑意。

他的笑容甚至讓我感到些許的寒意。找不到任何之前的爽朗感覺。

竟然有這麼大的轉變……你就那麼憎恨聖劍嗎……？

「嗯。因為我想打倒、想破壞，想得不得了的東西出現在我的眼前。我很高興。呵呵呵，我聽說過待在惡魔和龍的身邊，各種力量就會聚集，但是沒想到這麼快就遇見王者之劍。」

德萊格也這麼說過——有各式各樣的東西會受到龍之力的吸引而聚集。

這次的事也和我——和龍有關嗎？不，怎麼可能……

「……『魔劍創造（sword birth）』啊。能夠創造神器（sacred gear）持有者腦中描繪的魔劍。在魔劍系神器（sacred gear）當中也算是獨樹一格。聽說『聖劍計畫』的實驗對象當中，有人可能逃過遭到處理的命運……就是你嗎？」

木場沒有回答潔諾薇亞的問題。他只是不斷對她們散發殺氣。

喂喂，現在禁止殺人喔？木場，拜託你不要做出超出比賽範疇的事。

過度的戰鬥會對惡魔與神的關係造成影響吧？這下子瑟傑克斯魔王陛下也會傷腦筋。

「兵藤一誠。」

我前面的人是紫藤伊莉娜。栗色頭髮的女生。小時候的我以為她是男生，但是現在無論怎麼看都是女生。不過我和她一起玩的記憶已經很模糊了。

話說回來，她真是個美少女。身材也很棒，是我喜歡的類型。

「我懷念的那個男孩子，在重逢時卻變成惡魔……對我造成不小的打擊。」

她的表情像是打從心裡感到遺憾。

嗯，我也沒想過自己會變成惡魔。不過現在的我可是過得很充實喔？

「呃——紫藤伊莉娜……叫妳伊莉娜好嗎？我們真的非打不可嗎？對於妳們說愛西亞壞

話那件事，我想說的都已經說了，應該不用戰鬥吧。」

這是我的提議。

關於愛西亞的事，我一直有話想對教會人員說。這次終於有機會說出口，我也覺得爽快多了。

只是她如果再說愛西亞的壞話，那麼我也有我的打算。

我絕對不容許有人說我的家人的壞話。

然而伊莉娜露出憐憫的表情。不僅如此，她的臉上還掛了一行淚水：

「可憐的兵藤一誠。不，看在以前的交情，我就叫你一誠吧。噢，真是造化弄人！因為我有使用聖劍的資質去了英國，好不容易熬出頭，能夠為主盡一份心力替天行道時！啊啊，這也是主的考驗吧！重返久違的故鄉！懷念的朋友卻變成惡魔！命運多麼苛刻，時間的洪流真是殘酷！可是我必須克服這一切，才能一步又一步，接近真正的信仰！來吧，一誠！讓我用這把王者之劍制裁你的罪孽！阿門！」

伊莉娜雖然眼中泛淚，依然幹勁十足地將聖劍指向我。

咦！咦咦！

這、這個女孩說的話也太難懂了！

喔喔，眼睛還像星星一樣閃亮！

這是沉醉在信仰之中？她其實很享受這種狀況？

嗚喔喔，她是那種不能與她有所關聯的女生吧？

「有點搞不太懂，總之發動boosted gear！」

『Boost!』

手甲射出紅色的閃光，出現在我的左手，同時發出語音，將我的力量加倍。

我的神器(sacred gear)有每隔十秒讓宿主的力量倍增的能力。此外還能將倍增的力量轉讓給其他的人或物。

總之我得先發動神器(sacred gear)。不然遇到什麼事時，可沒辦法應付。

看見我的神器(sacred gear)，伊莉娜與潔諾薇亞顯得相當驚訝。

「『神滅具(longinus)』……」

「那是『赤龍帝的手甲(boosted gear)』？真沒想到會在這種遠東之地，遇見赭紅色的龍之帝王(Welsh Dragon)的宿主……」

兩個人的臉色都變得很嚴肅。

「太過注意一誠同學的話，可不是受傷就能了事喔！」

鏗——！

木場揮劍砍向潔諾薇亞。魔劍與聖劍撞出火花。

潔諾薇亞接下木場的攻擊，露出無畏的微笑：

「『魔劍創造（sword birth）』加上『赤龍帝的手甲（boosted gear）』。還有愛西亞．阿基多持有的『聖母的微笑（twilight healing）』。淨是些我們視為異端的神器（sacred gear）。或許你們會成為惡魔也是理所當然的事。」

「我的力量同時也是出自慘遭殺害的同伴的恨意！我要用這股力量，打倒王者之劍的持有者，打斷王者之劍！」

就連在計畫裡遭到殺害的實驗對象，木場也要幫他們報仇嗎？

「我也要上囉，一誠！」

咻！

伊莉娜很有氣勢地砍過來。

危險！她是認真的！要是被那把劍砍到，我這個惡魔會受重傷吧？要是挨了一劍可就糟糕了！

「還早得很！」

我一面閃躲伊莉娜的劍，一面用手甲提升力量。

『Boost!』

力量流進我的體內。這麼一來又倍增了！但是應該還不足以應付她！

要倍化到怎樣的程度才夠？可惡！我的實戰經驗不多，又是第一次對上聖劍，根本沒有基準可以參考！

只好盡可能閃躲，盡可能提升力量之後再攻擊了！

既然如此，只好使出那招！不用那招我不甘心！不，是不用那招，這場仗就白打了！

——我要尋找機會，使用「洋服崩壞(dress break)」！

這是我的必殺技之一。使用高漲的魔力，消除對象衣物的能力，不過僅限女性。

呼呼呼，我要消除紫藤伊莉娜的戰鬥服！

「……表情好猥褻。你在想什麼？」

伊莉娜一臉懷疑。呼呼呼，我馬上就可以看見妳的裸體。

「……請小心。一誠學長擁有碰到女性就能消除對方衣物的能力。」

小貓！為什麼要對敵人洩我的底！

我對小貓投以抗議的眼神，但是她卻斬釘截鐵說道：

「……女性公敵。差勁。」

「嗚！這個吐嘈太嚴厲了，小貓！」

「真是最差勁的招式！一誠！沒想到你不但墮落變成惡魔，就連內心也變得這麼邪惡！

喔，主啊。請不要原諒這個罪孽深重的變態！」

紫藤伊莉娜一面祈禱，一面露出悲哀的表情。

「不要用那種憐憫的眼神看我！」

「……差勁。」

抱歉，小貓。生性好色我很抱歉！

「一誠先生！如果你對女性的裸體那麼飢渴，怎麼不跟我說……！如果是為了一誠先生，即使要我犧牲自己也在所不惜！」

自我犧牲的精神！不愧是前基督徒愛西亞！話說妳好像趁亂說了什麼大膽的發言？

「原來如此。性慾的化身啊。我倒覺得這種行動很像忠於慾望的惡魔。」

潔諾薇亞邊嘆氣邊開口，視線倒是充滿輕蔑！

「抱歉。」

木場不知為何向她道歉。

你道什麼歉啊啊啊啊啊啊！這樣好像只有我是邪惡的生物！

這時木場在自己腳邊製造一把新的魔劍，拔劍一揮，以二刀流的架式襲向潔諾薇亞。

「重新來過！燃燒殆盡！並且凍結一切！『炎燃劍（flare brand）』！『冰空劍（freeze mist）』！」

一把魔劍捲著熊熊烈火，另一把魔劍則是散發寒氣與冰霧。

木場是「騎士（knight）」。「騎士」的特性是速度。他以神速的動作對潔諾薇亞發動攻擊。

但是面對木場來自四面八方的攻擊，潔諾薇亞僅以最小的動作架開。

「『騎士』輕快的動作，加上炎與冰兩把魔劍啊。但是還不夠！」

鏗——！

潔諾薇亞舉劍一揮，便粉碎了木場的兩把魔劍！

「——！」

自己的劍被人一擊破壞，木場不禁啞口無言。

好驚人的威力！那就是聖劍嗎！

「我的劍是破壞的化身。沒有無法粉碎的東西。」

潔諾薇亞靈活地轉了幾圈長劍，接著便高舉向天，然後朝地面揮落。

隆——————！

我們的腳下突然產生劇烈的晃動，傳出地鳴聲！

我失去平衡，原地跪倒。根本站不住！

四周揚起一陣煙塵！土飛到我的身邊，而且灑到我的臉上。

呸、呸！我一面吐出跑進嘴裡的土，一面用手撥開遮蔽視線的煙塵。

——！

看見練習場的變化，我不敢相信自己的眼睛。

——隕石坑？

潔諾薇亞揮下聖劍的地方缺了一大塊，形成一個隕石坑！

難不成一擊就挖出這麼大的坑？才揮了一劍？

潔諾薇亞朝地面揮劍時，不覺得她有特別用力啊。

「這就是我的王者之劍，能夠破壞一切事物。『破壞的聖劍（excalibur destruction）』非浪得虛名。」

——「破壞的聖劍（excalibur destruction）」！

威力果然不同凡響！正面接上一劍，別說木場的魔劍，任何東西都會粉碎吧！

木場看見眼前的光景，表情顯得十分痛苦：

「……不是真正的王者之劍依然有這等破壞力。看來要將七把全部消滅，將是一連串艱困的戰鬥。」

然而眼中憎恨的陰影並未消失。

木場真的想破壞所有的王者之劍啊！才一把就有那種威力喔？即使是木場，想要破壞七把應該也很困難。

真是的，這個世界哪來這麼多比我們強的傢伙，真是受不了了！

『Boost!』

第三次倍化！

「真是夠了！潔諾薇亞真是的，哪有人突然破壞地面的！害我全身都是土！」

伊莉娜一面咒罵，一面拍掉衣服上的塵土。

「不過該是時候分出勝負了！」

她再次舉劍指著我，朝我衝過來！

好快！她一口氣拉近距離！雖然不比木場，但是肯定比我快！

我該怎麼辦？先暫停神器(sacred gear)強化採取攻勢？即使對手的攻擊當中不帶殺意，不過光是閃躲斬擊就很消耗體力！

我現在的力量已經足以因應對方的動作！只是這樣的力量是否足以打倒對手，還是個很大的問題！

不可能二度發動神器(sacred gear)！八成沒有第二次機會！

我要一面警戒那把王者之劍，一面攻擊她的身體！即使武器再怎麼強大，使用者卻不見得有這麼強。

雖然是我的憑空想像，但是我要賭賭看是否正確！

「真厲害！你很會躲嘛！看來你的主人讓你做了不少鍛鍊！」

「是啊！我的主人可是很嚴格的！多虧有她的訓練，即使面對比自己強上許多的對手，我也能奮力一戰！就像這樣！」

『Boost!』

「上吧，boosted gear！」

『Explosion!!』

我停止倍化，換取以提升的力量行動一段時間的狀態！

如果不像這樣先行停止，反而會顧此失彼，導致力量提升狀態解除。

撲通！

力量在我體內四處流竄。經過四次倍化，我感覺這樣就能打得過！

既然如此，為了爭一口氣我也要消除她的衣物！對啦，我就是這麼差勁！

經過魔鬼特訓以及對上菲尼克斯那場戰鬥，我可不是什麼都沒學到！

所以我絕對要剝光她！總覺得這下子一定要施展洋服崩壞（dress break）！

我準備好足以隨時消除衣服的魔力，同時迎向伊莉娜。

「看我剝光妳！」

「猥褻的傢伙！」

伊莉娜扭動身體，像是在躲避變態一般閃過衝向她的我。嘖！真是靈活！但是我不會放棄！變態就變態！我想堅強地活下去！

「還沒還沒！」

一心只想剝光女生衣服的我，逐漸適應伊莉娜的動作。

右邊！不，是左邊！這是煩惱帶給我的力量嗎？我隱約能夠看穿她閃躲的方向！

「一誠的動作比平常還要靈活。」

「……色狼本色竟然能提升學長的體能。」

朱乃和小貓在一旁開口。兩人對我的色狼力量感到驚奇，並且感到傻眼。對不起，我就是這麼好色！可是一旦體驗過女生的衣物崩壞的快感，就沒有人能夠阻止我！

我終於抓到伊莉娜閃躲的方向！

「什麼！他跟得上我的動作！」

伊莉娜相當吃驚。哼哼哼，別小看我的好色！追到了！我要一鼓作氣爆開妳的衣服！紫藤伊莉娜！我要看妳的胸部！

雙手手指不住抓動，臉上帶著變態的笑容拉近距離——

以撲壘的動作朝她跳過去！讓我好好欣賞吧——！

但是——

在我即將碰到伊莉娜的瞬間，她突然低下身子。

……什、什麼……？

停不下來的我順勢朝前方飛去，就這麼穿越結界飛到站在伊莉娜後方的愛西亞以及小貓身邊——

我拍。

我的雙手碰到兩人的肩膀。瞬間——

啪啪！

愛西亞與小貓的制服隨之爆裂。沒錯，就連內衣褲也不例外。兩人變得一絲不掛。

——洋服崩壞（dress break），成功。

愛西亞有所成長的胸部，和小貓稚嫩的胸部同時出現在我的眼前。

我的鼻血「噗！」噴了出來。

非常感謝！等等，不對！這、這是！

「討厭！」

愛西亞難為情地彎下身子。對不起，愛西亞！可是妳的身材還是一樣這麼好！而且胸部還有發展的可能性，哥哥好期待！

至於小貓——她依然面無表情，但是全身上下散發極具震撼力的殺氣，舉起顫抖的拳頭。不、不妙……

「小、小貓！不是的！這是失手！呃，不，招式本身是成功了！可是我覺得小巧的胸部也是有市場需要！啊，咦？我、我在說什麼？不對！是因為紫藤伊莉娜躲開才會……我絕對不是故意要對愛西亞和小貓使出這招！可、可是，謝謝妳們！總、總之還是先道謝——」

「……這個，大色狼！」

轟！

「唔————！」

我的肚子吃了沉重的一拳，感覺整個人輕飄飄。嗚哇啊啊啊。我被打飛了！

我重重摔到地面，就這麼在地上滾了好幾圈。

…………

唔呼。重、重傷……痛到我都爬不起來了。

戳戳。

紫藤伊莉娜輕戳我的頭：

「一誠，你還活著嗎？我想這是因為你開發猥褻的招式，所以上天在懲罰你。如果你得到教訓，就把那種變態招式封印起來吧。聽到了沒？」

「……我、我不要……這可是我幾乎用盡魔力的才能才開發出來的招式……我還要剝掉更多、更多女生的衣服……我當初可是經過認真的煩惱，才決定捨棄讓女生的衣服變透明的招式……」

我虛弱地緩緩起身，再次與伊莉娜對峙：

「我會繼續奮戰下去，直到將這招提升到看一眼就能破壞衣服的境界！」

接著振作氣勢，朝伊莉娜衝過去。

「竟然只憑性慾就能打到這種程度！你有毛病啊！」

「紫藤伊莉娜！性慾是力量！是正義啊啊啊啊啊！」

「阿門！主啊，請賜予我制裁這個好色惡魔的力量！」

伊莉娜也再次握緊聖劍，朝我襲來。

我壓低姿勢，試圖用下段踢掃倒揮劍砍來的伊莉娜。

伊莉娜察覺我的意圖，輕輕一跳。

我朝地面蹬了一下，倏然站了起來！順便揮出一記上鉤拳！

呼！

我的上鉤拳落空，只劃過伊莉娜的下巴附近。

嘖！沒打中！

伊莉娜的眼角抖了一下。她揮劍橫砍，但是我向後墊步，躲過了這一擊。

伊莉娜見狀顯得十分驚訝：

「……對不起。看來是我小看你了，你的動作相當不錯。」

伊莉娜的表情變得認真。

喔？好像打得贏？正當我這麼想時——

我忍不住跪倒在地。

……這是，怎麼了……身體內側有種力量逐漸流失的感覺。

如果只是疼痛，我還可以忍耐、還能動彈。但是這種感覺不一樣。使不上力……

……可惡，到底怎麼了……

我低頭一看，腹部正在微微冒煙！這是聖劍的傷害？什麼時候砍到的！

剛才那一劍擦到我嗎？話說只是擦傷就這麼嚴重……

「那就是聖劍的傷害。惡魔、墮天使遭受聖劍攻擊，力量與肉體便會消失。光是那麼一點小傷也會造成如此劇烈的影響。如果再砍得深一點話，說不定會形成致命傷。」

才這麼一點小傷？這樣就足以讓我無力到跪下嗎！

『Reset!』

boosted gear的能力解放時間結束了。提升為數倍的力量也從我身上消失。

我的力量復原了嗎？怎麼會這樣！

「如果再提升一次威力，你應該能確實躲過剛才的攻擊，這場比試也會更有看頭吧——你的敗因是使用神器(sacred gear)時，未能了解自己與對手的實力差距。錯誤的判斷在戰場上足以致命。」

……混帳。不行。身體動彈不得……我輸了？

我讓社長和愛西亞看見我窩囊的模樣?——太丟臉了!

「喝啊————————!」

木場一邊大吼,一邊在手中創造什麼。創造出來的東西呈現劍的形狀……

「妳的聖劍和我的魔劍!來比比看哪邊的破壞力高吧!」

木場手上出現一把大劍。他以雙手握住那把散發邪惡氣息的劍。

也太大了吧。那把劍遠比木場的身高還高。肯定超過兩公尺。

木場用力揮舞大劍朝潔諾薇亞攻動攻擊!但是她嘆口氣,似乎打從心底感到失望:

「很遺憾,你做了錯誤的選擇。」

喀鏗————!

劇烈的金屬碰撞聲!巨大的劍身在空中飛舞。

——木場的魔劍斷了。

潔諾薇亞的王者之劍沒有任何缺口,毫不費力地破壞木場的魔劍。

「你的武器是多樣化的魔劍和速度。拿出巨大的劍只會顯示出你的肌力不足,還會妨礙你最自豪的動作。想要追求破壞力?以你的特性來說,根本不需要破壞力吧?你連這一點都不懂嗎?」

咚!

聖劍的劍柄深深陷進木場的腹部。

只是這種程度的攻擊，依然產生衝擊波。可見即使只用劍柄撞擊，破壞力還是很大。

「咳喝！」

木場忍不住吐了，當場跪下。

「即使不用劍砍，剛才那一下也足以讓你暫時爬不起來。」

潔諾薇亞瞥了木場一眼，然後轉身。

「……等、等等！」

木場雖然伸出手，但是勝負顯然已經分曉。

朱乃學姊解開結界，包圍四周的紅色魔力就此消失。

——戰鬥結束了。

「『前輩』，下次等你冷靜一點再來吧。莉雅絲．吉蒙里，剛才提出的要求，就麻煩妳了。還有，妳最好多鍛鍊自己的僕人。光是琢磨他們的天分還是有所極限。」

木場忿忿地瞪視潔諾薇亞。

潔諾薇亞的視線看了過來：

「告訴你一件事——『白龍（Vanishing Dragon）』已經覺醒了。」

——

她、她說什麼……？

「你們總有一天會碰上，憑你現在的狀況絕對贏不了他。」

潔諾薇亞只留下這麼一句話，便帶著她的東西離開。

「等一下，潔諾薇亞。那就先這樣囉，一誠。如果想要我制裁你，隨時可以跟我說喔，阿門♪」

一邊在胸口畫十字一邊眨眼，紫藤伊莉娜也快步離開這裡。

社長閉上眼睛。她的心情想必相當複雜。

——我和木場徹底輸給她們。

—○●○—

「你還好嗎？」

愛西亞伸手抵在我的腹部，用神器(sacred gear)幫我療傷。愛西亞身上穿著舊校舍裡的備用制服。因為我剛才把她的衣服給消除了。

她的手發出溫暖的綠色光芒籠罩著我，治療我的傷勢。

「被妳看到我的沒用模樣，真不好意思，愛西亞。」

我帶著苦笑對愛西亞開口，不過愛西亞只是搖頭：

「對上聖劍只受這點傷已經很好了。我的心裡一直七上八下，擔心一誠先生會不會就此被消滅。」

唉，我又讓愛西亞擔心了。我好像老是讓她擔心。

「抱歉，把妳的衣服消除了。」

因為怎麼想都是我不對，我老實道歉。然而愛西亞只是嫣然一笑：

「一誠先生一定有自己的考量吧？不管一誠先生對我做什麼事，我都不會計較。」

——

嗚嗚，我忍不住鼻子一酸。愛西亞，你就這麼相信我嗎！

不過愛西亞，其實我什麼也沒想，一心只想破壞女生的衣服。啊啊，愛西亞的笑容看起來好刺眼……

「……再等神器(sacred gear)倍化一次，說不定打得贏。」

小貓一面使勁幫我按摩肩膀，一面開口。好痛，會痛啦，小貓。小貓也和愛西亞一樣，穿上備用的制服。

不過這還是小貓第一次對我說這種話！有點感動！

「……看不出這一點就表示你的修行和經驗還不夠。還有太好色了，大色狼學長。」

嗚！不過還是不忘踩我的痛腳！我是大色狼，真是抱歉！

「等一下！祐斗！」

我聽見社長出言制止的聲音。

轉往聲音傳來的方向，我看見準備離開的木場以及激動的社長。

怎麼了怎麼了？木場想去哪裡嗎？

「我不准你離開我身邊！你是吉蒙里眷屬的『騎士(knight)』，要是你變成『離群惡魔』可就傷腦筋了。站住！」

「……多虧其他同伴，我才能夠逃離那個地方。所以我必須將他們的恨意灌注在魔劍裡才行……」

留下這句話，木場便離開現場。

「祐斗……為什麼……」

社長難過的表情讓我感到不忍。

我的心中同時萌生一個念頭。

—○●○—

「啊——所以？你找我有什麼事？」

接下來的假日。我約會長眷屬的「士兵（pawn）」匙在車站見面。

匙看起來很無力。我是透過社長，好不容易才聯絡到匙。

「……沒錯。你們兩個想做什麼？」

一旁抓著我的衣服，不肯放手的人是小貓。

我在前往和匙約好見面的車站途中碰巧撞見她，原本想逃跑，但是三兩下就被逮到。

我的體能還是比這個蘿莉少女還差。不過這也是沒辦法的事。

小貓好像是因為我一看見她的臉就逃跑，覺得一定有什麼問題，才會緊緊黏著我加以監視。

對於我之前害她裸體見人一事懷恨在心，應該也是原因吧。

我叫匙出來的理由——就是——

我清清喉嚨，告訴他們：

「我要請紫藤伊莉娜和潔諾薇亞答應讓我們破壞聖劍王者之劍。」

聽我說的話，不只匙大為驚訝，就連小貓也瞪大眼睛。

Life.3　聖劍破壞計畫！

「我不要————！我要回家————！」

匙放聲慘叫想要逃跑，但是小貓抓著他不放。

我提出王者之劍破壞計畫後，小貓考慮了一會兒才開口：「我也幫忙。這是為了祐斗學長吧？」不愧是小貓，真了解我！

匙則是一臉蒼白想要逃走，但是被小貓抓住。

「兵藤！你幹嘛找我！這是你們眷屬的問題吧？我是西迪眷屬耶！跟我無關！跟我無關啊啊啊啊啊！」

匙一邊流淚一邊抱怨。

「別這麼說。因為我認識，又有可能幫忙的惡魔就只有你了。」

「開什麼玩笑啊啊啊啊！我怎麼可能幫你這個傢伙的忙————！我會沒命的！會長會殺了我啊啊啊！」

喔喔，他的臉上寫滿對會長的恐懼。看來會長真的很恐怖。

「你們的莉雅絲學姊在嚴格之中還是帶有溫柔吧！可是！說到我們的會長！她在嚴格之中還是只有嚴格！」

嗯，社長雖然嚴格，但是也很溫柔。喔，會長那麼嚴格啊。真是太好了。

我抱持某種決心，和小貓還有匙一起在街上尋找潔諾薇亞和紫藤伊莉娜。

「吶，小貓。木場是聖劍計畫的犧牲者，對王者之劍懷恨在心，這件事妳知道吧？」

小貓點頭回應我的問題。

「伊莉娜和潔諾薇亞來找我們時，是這麼說的。」

『而且教會已經決定了，與其放任王者之劍為墮天使所用，不如將它們全部摧毀。我們的使命是至少得解決墮天使手上的王者之劍。』

「也就是說，她們最壞的打算，是破壞被搶走的王者之劍再加以回收吧？」

「……是啊，應該沒錯。」

「既然如此，我想能不能要她們讓我們幫忙搶回王者之劍。我們指的是以木場為主。既然被搶走三把，讓我們搶回，或是破壞一把應該沒關係吧。」

「……你希望讓祐斗學長在行動中打贏王者之劍，讓他了卻心願嗎？」

就是這麼回事。我帶著笑容點頭。

這樣一來，木場也可以報他的仇，一切都可以搞定。到時候他就可以再次和我們一起笑著從事惡魔的工作。這是我的想法。

「木場想贏過王者之劍，為自己和以前的同伴報仇。潔諾薇亞她們則是不惜破壞王者之劍也得搶回來。意見是一致的。再來就看她們願不願意傾聽我們這些惡魔說的話了。」

「……好像不太容易。」

「嗯──就是說啊。」

小貓的意見非常正確。老實說，成功的機率可能不高。

而且──

「……得對社長和其他社員保密。」

沒錯，正如同小貓所說，這件事不能傳到社長還有朱乃學姊耳中。社長絕對會反對。

『就算是為了祐斗，也不應該插手管天使方面的問題。』──社長應該會這麼說吧。

畢竟她是上級惡魔，對於這方面的問題想必不會讓步吧。我之前要去搶回愛西亞的時候，她也非常反對。

對愛西亞也得保密。關於把什麼事都寫在臉上這點她比我還嚴重，而且也不太會說謊。

「……在和她們商量的途中，說不定會被當成找碴，也可能導致雙方關係惡化。」

如果事情演變成這樣就完了。到時候我必須賭上性命設法解決。

嗚喔喔，搞不好會死。

「所以小貓想退出也沒關係。匙也是，有危險時儘管逃跑。」

「那麼現在就放我走——！情況已經夠糟了！什麼破壞王者之劍，擅自做那種事，我會被會長殺掉！肯定得接受她的拷問——！」

好好好，別哭了，總之先陪陪我。等到有危險時再讓你逃。

「可是交涉搞不好會成功啊？到時候我還得請你幫忙。」

「嗚哇啊啊啊啊！話都是你在說——！會死！我會死啦——！」

說得也是。不過我也沒有別的男性惡魔可以商量。拜託你了，匙。

「我不會逃跑。這是為了同伴。」

——

小貓以堅定的眼神把話說清楚。說到頭來，她還是很熱血。

在我們和菲尼克斯眷屬的戰鬥，她也非常努力。同伴意識相當強烈。

我們在街上找了二十分鐘。不過那兩名正在執行秘密任務的白袍女子並不好找——

「呃——請施恩給迷途羔羊吧～」

「請代替天父大發慈悲可憐可憐我們吧——！」

就是這麼好找。

兩名身穿白袍的女孩子在路邊祈禱。哇——好顯眼。

她們好像碰上什麼麻煩。路過的人們都以異樣的眼光看著她們。

「怎麼會這樣。這就是超先進國家兼經濟大國日本的現實嗎？所以我才會討厭沒有信仰氣息的國家。」

「別說了，潔諾薇亞。沒有盤纏的我們，只能像這樣懇求異教徒賜與慈悲，否則就沒東西吃喔？啊啊，我們連一個麵包都買不起！」

「哼。話說回來，還不都是因為妳買了那幅奇怪的畫，八成是被騙了。」

潔諾薇亞指著一幅畫得很爛的畫，上面好像畫著聖人。

「妳在說什麼！這幅畫可是畫著聖人！展示會人員也這麼說！」

那是什麼？在什麼展示會之類的地方，不小心上當買下來的嗎？

「那麼妳認得畫的是誰嗎？我可是完全想不出來。」

的確，畫上是看起來有點像聖人的外國人穿著破爛衣服，頭上還有光圈。背景還是飛在空中的嬰兒天使。

「……大概是，聖……彼得？」

「開什麼玩笑。聖彼得哪是長這樣。」

「不，就是長這樣！我就是認得！」

「啊啊，為什麼我的搭檔是這種人……主啊，這也是考驗嗎？」

「等等，不要抱頭後悔好嗎？妳一旦意志消沉，就會一直消沉下去。」

「少囉嗦！就是這樣新教徒才是異教徒！和我們天主教會的價值觀就是不一樣！你們應該更加崇敬聖人！」

「什麼嘛！只會被落伍的規矩綁手綁腳的天主教徒才有問題！」

「妳說什麼，該死的異教徒！」

「怎麼樣，異教徒！」

爭執到最後，兩個人臉靠得很近，開始吵架……

咕～～～～～～……

然而一陣肚子叫的聲音，甚至傳到隔著一段距離觀察情況的我們耳裡。

肚子咕嚕咕嚕叫的她們身子一軟，癱坐在地。

「……先想辦法填飽肚子再說吧。不然根本沒辦法搶回王者之劍。」

「……說得沒錯。那麼我們去威脅異教徒要錢？如果對象是異教徒，我想主應該也會原諒我們。」

「妳想襲擊寺廟嗎？還是搶走所謂的賽錢箱？算了吧。不如拿劍在街頭賣藝好了。這是在任何國家都通用的國際娛樂吧。」

「好主意！用王者之劍表演切水果應該可以賺到盤纏！」

「可是沒有水果。沒辦法，只好砍那幅畫了。」

「不行！不可以這樣！」

兩人又吵了起來。儘管眼前的情形讓我有點頭痛，我還是重新振作起來，走近兩人。

比起在社辦對我們放話的模樣，簡直判若兩人。

—○●○—

「好吃！日本的東西真好吃！」

「嗯嗯！就是這個！這就是故鄉的味道！」

潔諾薇亞和伊莉娜狼吞虎嚥地在家庭餐廳把送上來的料理裝進肚子裡。

哇——吃相真是豪邁。她們真的是基督教本部派來的刺客嗎？

之後她們一看見我們，便露出肚子餓的眼神。

「我、我們想去吃飯，妳們要不要一起來？」

聽到我的問題，她們立刻答應。

不過她們在抵達家庭餐廳之前一直唸唸有詞，說些「我們把靈魂賣給惡魔。」、「這也是為了實現我們的信仰。」之類的話。

雖然有點擔心錢的問題，但是小貓也說會幫忙負擔。我原本心想讓女生，而且還是學妹出錢就不算男人！但是看見她們的吃相，不請小貓幫忙可能會有問題。

這、這也是為了社團，為了眷屬。

該死的木場——我現在可是為了你在四處奔波！之後一定要叫他介紹幾個經常找他訂契約的熟客大姊姊給我認識！

「呼——舒服多了。竟然會被你們幾個惡魔拯救，我看世界末日也快到了。」

這是潔諾薇亞的發言。

「喂喂，請妳們吃飯還說這種話。」

我忍不住嘴角抽搐。不行，語氣不能太衝動。談判會失敗。

「呼——多謝招待。喔，主啊。請保佑這些心地善良的惡魔。」

伊莉娜在胸口畫個十字。

「嗚！」

在那個瞬間，我感到一陣頭痛。小貓和匙也一樣扶著頭。看來是因為有人在眼前畫十字，對身為惡魔的我們造成輕微的傷害。

「啊啊，對不起。一不小心就畫了十字。」

伊莉娜露出俏皮的笑容。光是看這個模樣，這兩個人真的是美少女。

喝口水休息一下，潔諾薇亞問道：

「好了，你們找我們有什麼事？」

——

沒想到她會直接切入核心。也對，以我們和她們接觸的方式，怎麼想都不像偶遇。

「你們來到這個國家的目的，是為了搶回王者之劍對吧？」

「是啊。我之前不是說過了嗎？」

大概是因為剛吃飽，潔諾薇亞和伊莉娜都沒有散發敵意。

大概是在這種家庭餐廳開打也無濟於事，要是真的打起來，她們應該也有自信能夠輕鬆解決我們吧。

「我想協助妳們破壞王者之劍。」

聽到我說的話，兩人杏眼圓睜，顯得相當驚訝，還不禁面面相覷。

咕嚕。

我嚥下口水，等待兩人的決定。嗚喔，好可怕。好可怕！要是被她們拒絕，事情應該會變得很嚴重吧。

處理不當可是會引發惡魔、墮天使、天使之間的爭執！仔細想想，王者之劍是非常了不得的東西耶？如果和我們這些下級惡魔勾結破壞王者之劍，對她們而言是奇恥大辱吧？

正當我在心中冒冷汗時，潔諾薇亞說道：

「這個嘛。如果你們有辦法破壞，讓你們負責一把也行。但是不准讓別人發現你們是誰。我們也不希望上面的人和敵人認為我們之間有什麼掛勾。」

——

出乎意料地順利得到許可，我不由得愣在原地，合不攏嘴。

可以嗎？不會吧？真的？

「等一下，潔諾薇亞。這樣好嗎？儘管他是一誠，但還是惡魔啊？」

伊莉娜表示異議。也是，正常的反應應該是這樣。

「伊莉娜，老實說光憑我們兩人要收回三把聖劍，還要和科卡比勒開戰，太困難了。」

「這個我知道，但是！」

「我們最基本的任務是破壞三把王者之劍再逃回本部。我們的王者之劍也是，與其被搶走，不如親手破壞。而且即使使用最後的手段，完成任務平安回去的機率也只有三成。」

「我們不是已經有所覺悟，認為三成機率已經算高，才來到這個國家嗎？」

「是啊。上面的人也很乾脆地要我們進行任務。這等於是自我犧牲。」

「對於我們信徒而言這是如願以償，不是嗎？」

「我改變心意了。我的信仰很有彈性，總是以最佳形式採取行動。」

「妳！之前我就一直覺得，妳的信仰有點不太對勁！」

「我不否認。但是我相信順利完成任務平安回去，才是真正的信仰。活著回去，未來才能繼續為了主戰鬥——不是嗎？」

「……話是沒錯，可是……」

「所以說，我不打算借用惡魔的力量。相對的，我要借助於龍的力量。上面的人也沒說不准借用龍的力量。」

潔諾薇亞看向我。

——龍。

就是我。寄宿在我的左手的東西——赤龍帝。

「沒想到竟然會在這種遠東島國遇見赤龍帝。儘管變成惡魔，看來龍之力依然完好如初。傳說若是屬實，他的力量提升到極限時足以匹敵魔王吧？如果有魔王級的力量，想破壞王者之劍應該很輕鬆。我想這次邂逅一定也是主的指引。」

潔諾薇亞說得十分高興。

「他、他們的確沒說不准借用龍的力量……可是這太勉強了！妳的信仰果然有問題！」

「有問題就有問題。但是伊莉娜，他不是妳的舊識嗎？我們不妨相信他一下，相信龍的力量。」

潔諾薇亞這句話讓伊莉娜不再開口，她似乎是默認了。

喔喔，成交？真的嗎？

不過要把力量提升到魔王級，我還得多加訓練提升本身的能力，不然應該辦不到吧。

只是如果把力量提升到極限之後轉讓給木場，應該能夠與王者之劍匹敵，或是超越才對。

我覺得這個可能性很高。

「ＯＫ，就這麼說定了。我把龍的力量借給你們。那麼我可以找我的搭檔過來吧？」

我拿出手機，聯絡木場。

「……我明白你要說什麼。」

木場一邊嘆氣，一邊喝口咖啡。

我們把木場叫來家庭餐廳。

「現在我們正在和那兩個拿著王者之劍的人見面，希望木場也能過來。」

我這麼告訴他，他沒有多說什麼便過來家庭餐廳。

「老實說，拿著王者之劍的人說可以破壞王者之劍，讓我覺得很遺憾。」

「你真敢說。如果你是『離群惡魔』，我早就二話不說把你砍了。」

木場與潔諾薇亞互瞪對方。喂喂，我們接下來還要聯手作戰，別吵架了。

「你還對『聖劍計畫』懷恨在心嗎？還恨王者之劍——和教會？」

聽到伊莉娜的問題，木場瞇起眼睛，以冷淡的聲音回答：「那當然。」

「可是木場，多虧那個計畫，聖劍士的研究有了飛躍性的成長。正因為這樣，才會有我和潔諾薇亞這種與聖劍相應的劍士誕生。」

「但是斷定計畫失敗就將實驗對象幾乎趕盡殺絕，這是可以被容許的事嗎？」

木場以憎惡的眼神看著伊莉娜。

這種處理方式確實很過分。太殘酷了。以神的信徒來說，這樣做實在太不人道。

伊莉娜好像也不知道該如何反應，這時潔諾薇亞說道：

「那也是我們最無法接受的事。決定處理實驗對象的是當時的負責人，他被視為信仰有問題，而被打為異端。現在已經投靠墮天使。」

「去了墮天使那邊？那個人叫什麼名字？」

木場對這件事產生興趣，追問潔諾薇亞。

「——巴爾帕·伽利略。人稱『鏖殺的總主教』。」

巴爾帕。他就是木場的仇敵。

「……只要追查墮天使，就能找到那個人吧？」

木場的眼中萌生新的決心。光是知道目標，對木場來說也算是一大進步。

「看來我也應該提供一點情報。前一陣子，我被一個拿著王者之劍的人襲擊。當時有個神父遭到殺害，遇害的應該是妳們那邊的人。」

「！」

在場的所有人都嚇了一跳。這還用說！沒想到木場先和敵人接觸！為什麼之前一直沒說？雖然木場應該也有他自己的想法。

「對方是弗利德・瑟然。妳們知道這個名字嗎？」

弗利德！那個臭神父！我可是記得很清楚。就是之前那個事件與我們為敵的白髮瘋子！他還潛伏在這個鎮上啊！

木場這麼一說，潔諾薇亞和伊莉娜同時瞇起眼睛：

「原來如此，是那個傢伙。」

「弗利德・瑟然。原本是梵蒂岡教廷的直屬驅魔師，十三歲就成為驅魔師的天才。他接連消滅許多惡魔與魔獸，可以說是功勳彪炳。」

「但是那個傢伙做得太過火了，就連同伴也不放過。弗利德打從一開始就沒有所謂的信仰，他只擁有對怪物的敵對意識與殺意，還有異常的戰鬥執著。被視為異端也只是時間早晚的問題。」

啊啊，果然妳們那邊也拿他沒轍吧。我懂我懂，我懂妳們的心情。

「這樣啊，弗利德拿搶走的聖劍對我們的同伴下毒手嗎？沒想到當時處理小組沒能收拾他的債，現在得由我們來償。」

潔諾薇亞說得忿忿不平。很多人都討厭弗利德呢。這也是很正常的事。

「算了。總之我們先成立破壞王者之劍的共同戰線吧。」

潔諾薇亞拿出筆，在便條紙寫下聯絡方式遞給我。

「有什麼事再聯絡我們。」

「謝了。那麼我們的聯絡方式是——」

「伯母已經把一誠的手機號碼告訴我了。」

伊莉娜帶著微笑說道。

「真的假的！媽媽！妳搞什麼！」

怎麼可以把自己兒子的手機號碼隨便告訴別人！八成是因為出現以前認識的人，「要不要打電話給他？」之類的理由給了她吧！

「那就先這樣了。這頓飯的恩情總有一天會答謝你的，赤龍帝兵藤一誠。」

語畢的潔諾薇亞站起身來。

「謝謝你請我們吃飯，一誠！改天還要再請我喔！雖然說是惡魔，但是如果一誠請客，我想主也會原諒我的！只是吃飯ＯＫ！」

伊莉娜眨眨眼睛向我道謝。妳的信仰真的沒問題嗎？

目送兩人離開，留在原位的我們忍不住大口喘氣。

「呼～～～」

總算是順利談成。雖然這個作戰計畫有點亂來，但是意外地成功。一想到要是失敗，可能會被王者之劍砍成兩半，我就忍不住背脊發涼。

而且搞不好會變成惡魔和神再次開戰的導火線……就算是我，這種計畫還是太大膽。

「……一誠同學，你為什麼要這麼做？」

木場冷靜地發問。站在他的立場，大概是對於我為什麼要幫忙解決他的怨恨，感到很好奇吧。

「該怎麼說，我們是夥伴，都是吉蒙里眷屬。而且你也救過我。也不是說想還清欠你的人情，只是我覺得這次輪到我幫你的忙。」

「如果我隨便亂來，可能會給社長添麻煩——這也是原因之一吧？」

「那當然。放任你就此失控，社長會難過的。雖然說這次我專斷獨行的決定也會給社長添麻煩，但是總比你變成『離群惡魔』好得多吧？反正光看結果，我們也成功和教會人員建立合作關係。」

木場還是一臉無法接受的樣子。嗯——這傢伙真難搞。

這時小貓開口了。

「……祐斗學長。如果學長離開……我會很寂寞。」

小貓臉上微微浮現有些寂寞的表情。也許是因為她平常總是面無表情，這樣的變化令在場的所有男生為之震撼。

「……我會幫你的忙……所以請不要離開。」

——

小貓強烈表達自己的心意。糟糕，她明明在對木場說話，卻讓我的心揪了一下。唉，看來我是絕對沒辦法背叛眷屬。有個會說這種話的學妹，怎麼可能搞什麼反叛啊！

木場儘管困惑，還是苦笑開口：

「哈哈哈，真拿妳沒辦法。既然小貓這麼說，我也不能亂來。我知道了，這次我就依賴大家的好意吧。多虧一誠同學，我也知道真正的敵人是誰。不過既然要動手，就絕對要打倒王者之劍。」

喔喔！木場也拿出幹勁了！

小貓似乎因為感到放心，微微笑了一下。

糟糕！小貓太可愛了！我明明不是蘿莉控，還是忍不住心動了！

「好！我們王者之劍破壞團在此成立！我們要好好加油，把被搶走的王者之劍和弗利德那個混帳好好修理一頓！」

我激勵大家！好——！就這麼展開行動！只要有我和木場和小貓，應該有辦法！不，是一定辦得到！王者之劍、弗利德，給我等著！

然而現場有個人不太配合。

「請問……我也算在內嗎？」

匙舉手發問：

「話說我還在狀況外……說到頭來，木場到底和王者之劍有什麼關係？」

啊啊，這麼說來，他好像還不知道木場和王者之劍有何關聯。

剛才的對話對匙來說大概太過片段，無法理解吧。

「……我稍微說一下吧。」

喝了一口咖啡，木場開始訴說自己的過去。

天主教會秘密策畫的「聖劍計畫」。教會在某個設施進行實驗，試圖大量培養能夠適應聖劍的人。

實驗對象是一群少年少女，他們都擁有關於劍的才能以及神器(sacred gear)。

他們日復一日接受難熬又不人道的實驗。

反覆接受實驗的煎熬，失去自由，甚至不被當成人看，木場等人的生命完全不被重視。

他們也有夢想，也想生存。他們被灌輸自己是受神寵愛之人的觀念，一直渴望「那一天」的到來。

相信自己可以成為特別的人──相信自己可以成為使用聖劍的人──

三百六十五天，每一天不斷唱聖歌，忍耐殘忍的實驗，得到的結果卻是被「處理」。

木場等人無法適應聖劍。

「……大家都死了。都被殺了。被神、被侍奉神的人所殺。沒有任何人願意救我們。只是為了『無法適應聖劍』這種理由，一群少年少女活活被毒氣包圍。他們一邊唸著『阿門。』一邊對我們施放毒氣。我們只能邊吐血邊在地上痛苦掙扎，卻還是祈求神的救贖。」

木場娓娓道來。我們只是默默聽他說。

木場好不容易從研究設施裡逃出來，但是毒氣已經侵蝕他的身體。

除了部分人員，能力在平均值以下的實驗對象都被視為無用而處理。

成功脫逃的木場，在臨死之際遇見到義大利視察的社長。之後就是我們現在見到的他。

「我想洗雪同伴們的悔恨。不，我不想讓他們白白死去。我必須連他們的分一起活下去，證明自己比王者之劍更強。」

……好驚人的過去。

愛西亞的過去雖然也很悲哀，不過木場的過去更是遠遠超乎我的想像……

老實說，我無法真正理解木場的痛苦。

只是我認為單憑復仇之心活下去，應該是件很累的事。社長也說過，希望他能夠將自己的才能活用在打倒聖劍以外的地方，才收他為眷屬惡魔。

「嗚嗚嗚嗚……」

正當我們帶著沉痛的神情聆聽木場訴說他的過去，席間傳出啜泣聲。

——是匙。

他在哭。斗大的眼淚一顆接著一顆掉落，大哭特哭，連鼻水都流出來……

匙牽起木場的手說道：

「木場！你一定很痛苦吧！一定很煎熬吧！混帳！這個世界上哪有什麼神！我——現在非常同情你！沒錯，這真是太過分了！你會怨恨那個設施的指導者和王者之劍的理由我都了解！非常了解！」

喔喔，他開始用力點頭。

「老實說，我原本看你這個型男很不順眼，可是這是另外一回事！我也要幫忙！沒錯，我們大幹一場吧！會長要怎麼整治我都行！更重要的是我們要破壞王者之劍！我也會好好加油！所以你也要好好活下去！千萬不可以背叛救了你的莉雅絲學姊！」

說的話雖然不怎麼樣，但是這個傢伙也很熱血！應該說他是個好人。嗯，不是壞人。我本來還覺得硬是把他拖出來有點可憐，但以結果來說是正確的。

「好！趁著這個機會！我也來說點關於我自己的事！既然要並肩作戰，你們當然也應該多了解我！」

匙雖然有點不好意思，還是以閃閃發亮的眼神開口：

「我的目標──是和蒼那會長奉子成婚！可是奉子成婚對不受歡迎的人來說門檻很高喔？因為根本沒有對象……但是我總有一天，要和會長奉子成婚……」

──

聽見匙的心聲，我的內心深處也是千頭萬緒。接著我的雙眼也「嘩啦！」一下子流出大量淚水。

那當然。那當然啊！混帳！

這個傢伙！匙這個傢伙！和我一樣！同類！同種！

──我們是志同道合的夥伴。

我差點因為感動而嗚咽出聲，還是用手摀著嘴巴拚命壓抑。

我默默牽起匙的手，用力說道：

「匙！聽好了！我的目標是揉社長的胸部──然後還要吸！」

「…………」

嘩啦。

隔了一拍，匙的眼睛也流出大量淚水：

「兵藤！你知不知道自己在說什麼？想要摸上級惡魔的——而且還是自己主人的胸部，你知道這是多麼遠大的目標嗎？」

「匙，其實摸得到。上級惡魔的胸部、主人的胸部，我們其實都摸得到！事實上，我就親手揉過社長的胸部。」

如此說道的我，手興奮得不住顫抖。匙以驚愕的眼神盯著我的手：

「怎麼可能！這種事情真的辦得到嗎！你沒騙我吧！」

「我沒騙你。主人的胸部確實很遙遠，但是並非遙不可及。」

「你說吸？我……可、可以吸、吸到會長的胸部……是、是乳頭吧？你要吸的地方當然是乳頭吧？」

「大笨蛋！胸部可以吸的地方，除了乳頭還有哪裡！沒錯！我就是要吸乳頭！」

「——！」

聽見我有力的發言，匙默默流下男兒淚。

「匙！我們獨自一人時或許是沒用的『士兵（pawn）』，但是兩個人在一起就不同了。有兩個人就能飛！有兩個人就能戰鬥！有兩個人就能辦到！有兩個人，說不定有一天能達成奉子成婚的目標！和主人做愛吧！」

「嗯。嗯！」

沒錯，有兩個愛上主人胸部的男人，什麼事都辦得到！

我和匙握住彼此手，互相點頭。

同志。戰友。尋遍任何詞彙都無法明確表現這種關係吧。

我和匙在此時，透過靈魂達成某種交流、某種同感、某種聯繫。

「……啊哈哈。」

「……果然很差勁。」

木場和小貓在痛哭的我們身旁嘆氣。仔細一看，店內也有許多人對我們投以異樣的眼光。別在意別在意。

於是「王者之劍破壞團」就此成立。

—○●○—

幾天之後。

我在教室裡，坐在自己的座位深深嘆氣。

在這幾天，我、木場、小貓、匙，每天晚上都在搜索王者之劍。要找的人是墮天使的手下，也就是那個瘋狂神父弗利德。

他好像在獵殺教會派來的神父，所以我們扮成神父，晚上到處亂晃，但是一直沒遇見他。老實說，我實在不想再遇見他。

潔諾薇亞之後給了我們能夠抑制魔力的神父服裝，我們就穿著那些衣服展開搜索，但是直到目前為止，還沒有遇到目標。

到底跑到哪裡去了，那個臭神父。真希望可以早點遇見他，讓木場打斷王者之劍……不然再這樣下去，被社長等人發現就不妙了。她們已經開始察覺不對勁了……

不好意思，社長。請原諒我們擅自行動。之後我會好好謝罪、好好幹活。

所以這次就放過我們吧。正當我在心中用力道歉時。

「你最近總是面有難色啊，一誠。」

元濱一邊推眼鏡一邊開口。

「咦？喔喔，是啊。我偶爾也會有些事需要思考。」

「思考什麼？莉雅絲學姊的胸部和姬島學姊的胸部，應該要揉哪一邊才好嗎？」

「這種事我每天都在煩惱，松田。順便告訴你們，彈性是社長的好。晃動的感覺也是社長贏。不過柔軟度應該是朱乃學姊略勝一籌……不，大小是社長大勝，但是朱乃學姊在尖端的均衡度和乳暈的大小都恰到好處，有種『不愧是大和撫子！』的感覺。單純以伸手搓揉來說，社長比較能夠享受份量感，但是朱乃學姊其實也很大。」

「我說——你要是繼續說這種話，學姊們的信徒總有一天會殺了你喔？學園裡有不少這種人。」

「元濱……——胸部比性命還要重要。」

「——這句話太深奧了，一誠。我感覺到心中有所共鳴。」

捏。

有人捏我的臉頰——是愛西亞。

她的眼中泛淚，嘟著嘴巴，看起來心情十分不好。

「阿西阿，怎麼呀？」

「…………」

愛西亞不發一語，只是捏著我的臉頰。不太用力這點很有愛西亞的風格，不過看樣子剛才的對話全被她聽見了。

「混帳！一誠這個情色大王！不但蹂躪神祕學研究社！就連愛西亞也對你這麼好！嗚喔喔喔喔喔！」

松田抱頭痛哭。

「……我都聽說了，一誠。你這個傢伙在社團活動結束之後，莉雅絲學姊和愛西亞會一起挽著你的手放學吧？左擁右抱回家？你最好是自己一個人穿越到異世界，被一開始出現的史萊姆融化好了。」

不不不，我說元濱同學，那種狀況其實也很辛苦喔？因為不知為何，愛西亞和社長總是互不相讓。我夾在她們兩個之間，老覺得不太自在……總覺得有種缺氧的感覺！

每當此時，我就會冒出討厭的想法，懷疑自己當不成後宮王。

連一個女生都沒辦法操控的我，真是沒用至極……

「話說回來，一誠，之前跟你說的那個保齡球加卡拉ＯＫ的聚會怎麼樣了？」

元濱重新振作起精神發問。

沒錯，我們三個和愛西亞，班上的女同學桐生，還約了木場和小貓，打算利用假日花上半天玩個痛快。

愛西亞和桐生已經說要參加。意外的是小貓也有興趣。我還以為她肯定會拒絕……

問題是木場——我之前與他談好了，但是以目前的狀況來說……

「愛西亞和桐生都說要參加，小貓也會來。」

「嗚喔喔喔喔喔！愛西亞和塔城小貓！光是有她們兩個就很讓人興奮！」

松田忍不住大喊。喔喔，連眼淚都流出來了……看來他真的非常渴望和女生聊天。

抱歉了，松田。都怪我一路狂奔，把你拋在後面。誰叫我每天都和美少女一起生活。可是這種生活也沒有那麼輕鬆喔。

啪！

有人敲了松田的頭。是戴眼鏡的桐生。

「不好意思，還有我這個電燈泡。」

她不悅地挑眉開口。

「哼。妳不過是跟愛西亞一起來的。雖然說眼鏡屬性已經有元濱，不過沒差。」

「松田，你這是什麼態度？不要把我和那個變態眼鏡混為一談。這是污辱屬性。」

「妳這個傢伙！元濱的眼鏡可是能將女孩子身體尺寸數值化的特殊眼鏡喔！和妳當然不一樣！」

然而桐生聽見這番話，得意地笑道：

「——你該不會以為只有元濱有這種能力吧？」

「！」

我們三人不禁感到緊張！桐生的視線看向我們的胯下！

「原來如此，原來如此。」

危機意識要我用雙手遮住胯下！只見松田和元濱也採取同樣的行動！看見我們的動作，

桐生的眼鏡閃過一道光芒：

「哼哼哼，我的眼鏡可以將男生的那裡數值化。從極小到極大都沒問題。」

好、好可怕的能力！難、難道這個傢伙，桐生已經掌握全班男生小兄弟的尺寸嗎？

我嚇得渾身發抖，不過桐生伸手放在我的肩上，露出詭異的笑容：

「放心吧，你的大小還算不錯。如果太大女生也會很困擾，不過還是要夠用才行。嗯，我想吉蒙里學姊和愛西亞應該會很滿意吧。」

喂——————！這是性騷擾！我被女生性騷擾了！

「真是太好了，愛西亞。」

「？」

桐生的話只是讓愛西亞頭上浮現問號。嗯，愛西亞不需要知道這種事！

「唉，真拿妳沒辦法。就是兵藤一誠的那裡……」

桐生靠到愛西亞耳邊，準備告訴她真相！

「混、混帳！不要教愛西亞有的沒的！」

我把愛西亞拉過來，阻止她的舉動。真是完全不能大意，讓人有機可乘。

不、不過愛西亞早就看過我的小兄弟就是了……

「算了。總之除了木場同學，所有人都會去吧？」

桐生認為不能再鬧下去，態度也為之改變。

「不，我會想辦法把木場也叫來。他之前也說過要去。」

沒錯。我一定要想辦法把那傢伙拖去。要玩就以最佳狀態玩個痛快！

—○●○—

當天的放學之後。

我們結束表面的社團活動，便在公園集合，換上神父與修女的服裝。十字架是假的。如果拿真的，我們惡魔會受傷。

我們就以這種打扮在鎮上走動。主要都是走在人煙稀少的地方。

今天一定要掌握到他的行蹤。

——但是心裡雖然這麼想，時間卻無情流逝，已經來到傍晚。

該回家了，不然可能會有危險。我們的行動對社長等人保密，如果被學生會的人知道也不太妙。

「呼～～今天也沒有收穫啊。」

匙的聲音聽起來有點洩氣。其實最有幹勁的人就是他。唉——他真的是個好人。第一次見面的情況雖然很糟，但是混熟之後應該可以成為朋友吧。而且他也和我差不多好色。

話說回來，匙就是西迪眷屬版的我吧？

正當我這麼想時，走在前面的木場停下腳步。

「……祐斗學長。」

小貓似乎也感覺到什麼。

抖。

我瞬間感覺到一股寒氣。這是——殺氣？有人從附近對我們釋出殺氣？

「上面！」

匙放聲大叫。所有人仰望上空時，一名手握長劍的白髮少年神父從天而降！

「願主保佑這群神父！」

鏘——！

木場迅速拔出魔劍，擋下少年神父——弗利德的攻擊。

「弗利德！」

「嗯！這是一誠的聲音嘛？哇～～～又是一齣奇妙的重逢戲碼！如何？龍的力量有沒有變強？我差不多可以殺了你吧？」

這個混帳還是一樣瘋瘋癲癲！

他拿的就是聖劍王者之劍吧。從那把劍感覺到的危險，的確和伊莉娜以及潔諾薇亞的劍屬於同樣性質。

我們脫下神父的服裝，露出平常穿的制服。小貓也隨手脫下修女服裝。嬌小的修女也很可愛、很不賴喔。

「Boosted gear！」

『Boost！』

我的力量為之增強。這次我的工作是輔助，要將倍增的力量轉讓給木場。

如果可以我想盡量讓木好發揮，但是遇到危險時就另當別論。

「伸長吧，Line！」

咻──！

一條黑色細長觸手從匙的手邊朝弗利德飛去。他的手背裝備一個東西，長得很像可愛版的蜥蜴頭，觸手就是從蜥蜴口中延伸出來。

原來那條觸手是蜥蜴的舌頭！

「煩死了！」

弗利德原本想用聖劍掃開蜥蜴舌頭，但是舌頭改變軌道往下墜。

蜥蜴舌頭黏在弗利德的右腳，順勢纏了幾圈。

弗利德想砍斷舌頭，但是劍身穿了過去，那條舌頭彷彿沒有實體。

「這個可沒那麼容易砍斷。木場！這下子那個傢伙逃不掉了！儘管修理他吧！」

幹得好，匙！原來如此，搶先一步妨礙他的腳步！弗利德的速度確實很快，讓他無法逃跑是個好點子。匙的腦袋動得很快嘛！

「多謝了！」

木場一口氣拉近距離！手持兩把魔劍攻向弗利德。

「嘖！不是只有『噬光劍（holy eraser）』啊！擁有好幾把魔劍，莫非是『魔劍創造（sword birth）』？哇～喔，好稀有的神器（sacred gear）啊，這位先生真是罪孽深重！」

嘴巴雖然這麼說，弗利德的表現正好相反，似乎頗為樂在其中。瘋狂的好戰分子這點也沒變啊！

「但是在我的寶貝王者之劍面前，那種普通的魔劍小弟可就——」

鏗鏘——！

隨著破碎聲響，木場的兩把魔劍粉碎四散！

「——不算什麼喔。」

「唔！」

木場再次創造魔劍，但是王者之劍的力量實在太過強大。要是一刀就能粉碎魔劍，那麼根本沒戲唱！

「木場！需要轉讓嗎？」

「我還行！」

木場拒絕我的協助。不過他好像很憤怒。

這倒也是。木場輸給潔諾薇亞——就是輸過王者之劍一次。那個傢伙的自尊心肯定無法接受自己再次輸給王者之劍吧。

「哈哈哈！你看著王者之劍時的表情真可怕。難道說你跟它有仇？我是不知道你發生過什麼事！不過要是被它砍中，惡魔小弟可是肯定會消失喔？會死喔！會死耶！去死吧！」

弗利德衝過來了！木場創造出寬刃魔劍試圖擋住攻勢，但是——

鏗鏘！

帶著藍白色神聖氣焰的聖劍，一擊便輕易粉碎木場的劍！

弗利德沒有停手，接著揮出第二劍！

糟糕！木場會被幹掉！就如此心想時，我感覺自己飛了起來。

……咦？有人把我舉起來了？我戰戰兢兢往下一瞧，只看到小貓。

小貓把我舉起來了～！

「……一誠學長，祐斗學長就拜託你了。」

呼————！

怪力少女豪邁地把我丟出去！我被扔到半空中！嗚哇！小貓，我又不是什麼方便的道具————！不可以丟我！

「嗚喔喔喔喔喔喔！小貓————！」

僅管不停慘叫，我還是逐漸接近木場。可惡！只能硬上了！

「木場————！我要轉讓給你了————！」

「嗚哇！一誠同學！」

飛到木場身邊的瞬間，我發動神器（sacred gear）。

『Transfer!!』

神器（sacred gear）發出語音，龍之力流向木場！

木場全身散發氣焰，充滿大量的魔力。

「……既然你給我，也只好用了！『魔劍創造（sword birth）』！」

唰！

四周冒出一整面刀刃！路面、電線桿、牆壁，各種形狀的魔劍從各個地方出現。

「嘖————！」

弗利德一面咋舌，一面舉劍橫掃，一一破壞朝自己延伸的魔劍。

噠！

找到瞬間的破綻，木場手持魔劍消失了。他以魔劍為立足點，發揮神速在周圍不停移動！嗚喔！我的動態視力只看得見什麼東西「咻咻咻！」動來動去！不愧是擅長速度的「騎士(knight)」！

弗利德的眼睛追蹤他的動向！好厲害的動態視力！竟然有辦法跟上那種動作！

咻！

隨著劃過空氣的聲音，長在四周的魔劍朝弗利德飛去！木場在從一把魔劍移動到另外一把魔劍時，還拔起一把射出去！不，不只一把，無數的魔劍從四面八方朝弗利德飛去！

「嗚哈！這招馬戲團把戲真有意思！這個臭惡魔————！」

鏘！鏘————！鏘————！

弗利德的表情帶著狂喜之色，將飛向他的魔劍一把一把打落！

「我的王者之劍是『天閃的聖劍(excalibur rapidly)』！只論速度可是不會輸的！」

弗利德手上的聖劍劍尖開始扭曲，最後消失！由此可見那把聖劍的速度有多快！

將周圍的魔劍全部破壞殆盡，弗利德朝木場砍去！

啪鏘————！

「還是不行嗎！」

木場雙手拿著的魔劍再次粉碎！

「死・吧！」

正當弗利德的劍刃準備朝木場揮落時——

扯。

弗利德被拉了一把，失去平衡！

「休想得逞！」

是匙！蜥蜴扯動舌頭，瓦解弗利德的架勢！同時蜥蜴的舌頭開始發出淡淡光芒，並且從弗利德那邊朝匙的方向流去。

「……這是！可惡！竟然吸收我的力量！」

吸收？從匙的手上伸出去的舌頭有什麼特別的力量嗎？

「嘿！怎麼樣啊！這就是我的神器(sacred gear)！『黑之龍脈(absorption line)』！只要我用神器(sacred gear)連到你身上，這傢伙就會持續吸收你的力量！沒錯，會吸到你倒下為止！」

神器(sacred gear)！原來匙也是神器(sacred gear)持有者嗎！

那的確是個極為棘手的神器(sacred gear)！與神器(sacred gear)連結，力量就會一直被吸走！而且連聖劍都砍不斷！這麼一來真不想和匙開打……

「……是龍系神器(sacred gear)啊！龍是最棘手的系統呢。就算一開始的能力沒什麼，成長時的爆發力有別於其他系統的神器（sacred gear），兇惡度會相差許多，真是恐怖～～真是再可恨也不過！」

弗利德試圖用王者之劍解開匙的神器（sacred gear），但是沒有造成任何傷害。莫非是實體劍無法造成傷害的類型？而且他說是龍系，所以那隻蜥蜴是龍囉！

雖然搞不太懂，不過真是個好神器（sacred gear）！

「木場！情況不容你有異議！先打倒那個傢伙！王者之劍的問題下次再說！這個傢伙真的很危險！光是像這樣和他對峙就可以強烈感覺到危險的氣息！再這樣放任他不管，連我和會長都可能身受其害！我會用神器吸收他的力量削弱他，一舉打倒他吧！」

匙提出作戰計畫。這是個好主意。老實說，我覺得這是最好的做法。

這個傢伙真的很危險，當然是在這裡收拾他比較好。

但是木場露出複雜的表情。我知道為什麼。他大概是因為無法憑自己的力量打贏而感到不甘心吧。然而在這裡解決掉弗利德沒有壞處，這點木場也很清楚。

大概是下定決心了，木場創造出魔劍：

「……雖然非我所願，但是我同意在這裡收拾你。被搶走的王者之劍還有兩把。我就把期待寄託在剩下的兩個聖劍士身上吧。」

「哈！我可是比其他聖劍士強得多喔？也就是說！在你們以四人之力打倒我的瞬間，你就會失去夠格的對手！這樣好嗎？殺了我，你就無法來一場滿足的聖劍之戰囉？」

弗利德帶著狂妄的笑容開口。木場聞言，眼角不禁抽搐。

唔……麻煩的傢伙！弗利德這個混帳！

「喔？是『魔劍創造（sword birth）』啊。使用者的技術夠強就能發揮驚人威力的神器（sacred gear）。」

這時現場出現別的聲音。我看向聲音傳來的方向，一名神父打扮的老男人站在那裡。

「……是巴爾帕大叔啊。」

弗利德此言一出，我們所有人大吃一驚。巴爾帕？巴爾帕不就是潔諾薇亞她們所說，那個在「聖劍計畫」處理木場等人的……

包括王者之劍的問題在內，這一切也太巧了！

「……巴爾帕．伽利略！」

木場以極為憎恨的眼神瞪著老男人。

「正是。」

男子——巴爾帕大方承認。這個傢伙就是木場的仇人啊。

「弗利德。你在做什麼？」

「大叔！這隻莫名其妙的蜥蜴用舌頭妨礙我，我逃不了！」

「哼。看來你沒學會充分使用聖劍，你應該更有效活用我交給你的『因子』。我之所以研究至今就是為了那個。盡量將你身上流動的神聖因子灌注到聖劍上，如此一來鋒利程度自然就會增加。」

「好好好！」

接著氣焰聚集到弗利德手上的聖劍，散發光輝！

「這樣嗎！看劍！」

噗咻！

弗利德輕鬆斬斷匙的神器(sacred gear)，解開絆住他的束縛！糟糕！他要逃走了！

「我先逃走囉！下次見面時，我們再來一場最棒的戰鬥！」

弗利德放話準備落跑，然而——

「別想逃！」

有個東西從我身邊以驚人的速度經過。

鏘————！

這是一招與弗利德的聖劍撞出火花的突擊！

——潔諾薇亞！

「呀喝，一誠。」

「伊莉娜！」

不知何時伊莉娜也到了。喔喔，共同戰線的幫手就在這時登場！

「弗利德‧瑟然，巴爾帕‧伽利略。你們兩個叛徒，我以神之名制裁你們！」

「哈！在我面前不准提起可恨的神！婊子！」

弗利德與潔諾薇亞刀來劍往，但是他用空著的手伸進懷中，拿出一個光球。那是！逃跑用的道具！

「巴爾帕大叔！撤退了！向科卡比勒老大報告去！」

「沒辦法了。」

「再會！教會和惡魔的雜碎聯軍！」

弗利德將球體扔向路面——

錚！

好刺眼！遮蔽視線的眩目閃光籠罩附近，奪走我們的視力。

等到視力恢復時，弗利德和巴爾帕已經消失。可惡！竟然在這個時候被他們逃走！

「我們追，伊莉娜。」

「嗯！」

潔諾薇亞與伊莉娜互相點頭示意，衝刺離開現場。

「我也要追！別想逃，巴爾帕‧伽利略！」

木場也跟在她們後頭衝過去。

「啊，喂！木場！夠了！你們是怎麼了！」

我忍不住放聲咒罵。一個比一個亂來！

我和小貓被木場拋下。匙解除戰鬥狀態，調整呼吸。這時我感覺到背後有別人的氣息。

「我就覺得力量的流動出現不規則的變化……」

「這下子傷腦筋了。」

聽見熟悉的聲音，轉頭看去──

「一誠，這是怎麼回事？說明一下吧。」

只看見表情嚴肅的社長與會長的身影。

我的臉色瞬間變白。

─○●○─

「……你們說什麼破壞王者之劍啊。」

社長伸手扶著額頭，表情顯示她極為不高興。

在那之後，我和小貓、匙，三個人被帶到附近的公園，在噴水池前面罰跪。

「匙。你竟然任意做出這種事來？真是令人傷腦筋。」

「啊嗚嗚……對、對不起，會長……」

會長也以冰冷的表情逼近匙。匙的臉色鐵青到了危險的地步，看來他真的很害怕。

「祐斗去追巴爾帕了？」

「是的。潔諾薇亞和伊莉娜應該也和他在一起……我、我想如果有什麼進展，他應該會聯絡我們……」

「只顧報仇的祐斗會有那個閒情逸致打電話給我們嗎？」

您說得對，社長。社長的視線移到小貓身上：

「小貓。」

「……是。」

「妳為什麼會這麼做？」

「……我不希望祐斗學長離開……」

小貓老實說出自己的心意。社長聽見她這麼說，表情似乎也沒有那麼生氣，反倒是變得有些困惑。

「……事情都發生了，我再說什麼也沒用。不過你們的所作所為擴大來看，可能會對惡魔的世界造成影響喔？你們明白嗎？」

「是。」

「……是。」

我和小貓同時點頭。這件事我當然明白。不，老實說我不知道規模會鬧到多大。因為我只是隱約覺得很危險，還是照樣行動。

看來社長所說的規模，和我的想像想必有段差距。我的思慮還是不夠。

「抱歉，社長。」

「……對不起，社長。」

我和小貓深深低頭。雖然我不覺得這樣就能得到原諒，但是不低頭道歉實在過意不去。真的非常抱歉，社長。

啪！啪！

我轉頭看向拍打聲傳來的方向，原來是匙被會長打屁股！

喔喔！你也太糗了，匙！

「看來有必要讓你反省。」

「嗚哇——————！對不起對不起！會長，請原諒我——————！」

「不行。打屁股一千下。」

啪！啪！

會長的手上凝聚魔力。居然這樣打！好像很痛！嗚哇～～都已經是高中生了，被打屁股實在很難堪。

「喂，一誠。不准東張西望。」

「是、是！」

「我已經派使魔去找祐斗，一旦找到他，就由所有社員去迎接他。之後的事等到時候再決定。聽到了嗎？」

「是。」

我和小貓一起回答社長。

社長將我和小貓拉過去，緊緊抱住。社長的體溫傳了過來。

「……兩個笨蛋。你們真是一直令我操心……」

社長以溫柔的聲音開口，摸摸我和小貓的頭。

……社長。不好意思，讓您那麼擔心我們這些笨蛋……啊啊，我深深體會社長的溫柔。能當社長的僕人真是太好了。我竟然有這麼溫柔的主人。

「嗚哇——！會長——！」

隔壁已經在溫馨的氣氛中結束了——！」

「別人是別人，我們是我們。」

啪！啪！

匙的打屁股處罰到現在還沒結束。看樣子奉子成婚還很遙遠吧。

「那麼，一誠。屁股翹起來。」

……咦？社、社長，妳不是原諒我了嗎……

社長面帶微笑，右手圍繞紅色的氣焰：

「管教僕人是主人的工作。你也要打屁股一千下♪」

就在這一天，我的屁股死了。

—○●○—

我和社長回到家時，夕陽已經落下，已經快要晚上。小貓在半路和我們分開。

她一直到分開時還在向社長道歉，不過我想她應該不後悔。我也一樣。

還有木場……他去追擊那兩個傢伙，不知道有沒有問題？

……不，最重要的是我的屁股好痛。社長的愛之鞭在我的屁股留下深切的痛楚。

「我回來了～」

「我回來了。」

我和社長剛在玄關剛脫鞋，就看見媽媽從廚房探出頭來，招手要我們過去。妳的表情顯示妳心懷不軌喔，媽媽。

我和社長面面相覷，歪頭不解，總之還是先到廚房。

「去吧，愛西亞。」

「嗚！」

大概是媽媽在後面推，愛西亞跳了出來。

愛西亞身穿圍裙──我原本這麼以為，但是好像有點不一樣。感覺裸露在外的肌膚太多了……不，不對，這是！

裸、體裸圍裙！

愛西亞────！妳？妳怎麼會打扮得這麼美妙──不，是這麼煽情！

「……我、我問過班上的朋友……聽說在日本進廚房時要裸、裸、裸體穿圍裙……雖、雖然很難為情……但是我、我得融入日本的文化……」

愛西亞以滿臉通紅，忸忸怩怩的模樣開口。

噗。

我的鼻血流出來了……愛西亞是打算殺了我嗎！

她原本就受到社長影響，逐漸變成朝情色方向發展的少根筋女孩喔？到底是誰教她這種粉紅色文化的？

「愛西亞……是誰告訴妳的？」

「是、是班上的朋友桐生同學。下面……當然沒有穿內衣褲。感覺涼涼的……啊嗚。」

沒有穿內衣褲——

愛西亞連這種沒人過問的事都說出口。她確實在少根筋好色女的階梯往上爬！

由於是白色圍裙，仔細盯著瞧，好像真的可以透過布料看見重要部位……

不行不行！我不可以用這種好色的視線看愛西亞！

「這、這樣啊，原來是那傢伙！那個該死的情色眼鏡女！」

臭桐生！她就是灌輸愛西亞這種齷齪觀念的元兇嗎！

……儘管部分想法覺得她幹得好，不禁自覺有點悲哀，不過還是警告她一下比較好。

可惡！臭桐生！匠心獨具的「大師」果然不同凡響！真是有一套！

「呵呵呵，很可愛吧？媽媽也很贊成喔。啊啊，這讓我想起自己年輕時……」

媽媽！妳在說什麼！話說妳和爸爸以前都是來這套？

好啊，果然是我的媽媽！有夠好色！

可是我不想知道爸媽的事！

「……原來如此，還有這招。」

社長在一旁喃喃自語，似乎很不甘心。社、社長大人……？您、您在想什麼？

「愛西亞，妳有機會成為魅惑人心的女惡魔喔。真是個好色女孩。」

「咦～～！我不想變成色色的惡魔！」

社長面露苦笑，愛西亞則是一臉困惑又熱淚盈眶。

這裡到、到底發生了什麼事……？

「等我一下。我也要試試看。愛西亞，妳進步囉，竟然搶先我一步。」

社長轉身快步離開現場。

「等一下，莉雅絲！我也去幫妳！」

媽媽也跟在社長後面離開。喂——！妳們在幹什麼！

「一、一誠先生，這是怎麼回事？我、我什麼都……」

我一面不停流鼻血，一面將手放在愛西亞肩上：

「愛西亞。嗯，妳這樣穿很好看。總之我只想說這句話。謝謝妳。謝謝妳。」

我連連道謝。愛西亞好像也不太好意思。

嗯——既然正好兩人獨處，趁現在把我一直想說的話說出口吧。

「愛西亞。」

「是、是。」

「就算之前那些教會人員找上門，我也會保護妳。妳不用擔心。我會把愛西亞害怕的東西全部解決。」

我對愛西亞說出自己的心意。

我不會原諒任何試圖對愛西亞不利的人。我不想再次失去這個女孩——

愛西亞輕輕抱住我。嗚喔喔喔，竟然以裸體圍裙的狀態做這種事！

「……一誠先生，對於變成惡魔這件事，我不後悔。關於我的信仰，我也不曾遺忘。可是——我現在有比奉獻給主的心意還要重要的事物。」

「重要的事物？」

「一誠先生、社長、各位社員、學校的朋友、一誠的爸爸和媽媽，每一個、每一個對我來說都是很重要的人。我不想失去這些人。我想一直、一直和大家在一起。我不想再孤單一個人。」

愛西亞微微顫抖，在我懷裡如此表白。

這個女孩一直都是那麼孤單。無論是神還是人，都沒有解救她。

愛西亞不再孤單。我絕對不會再讓她孤單！

「愛西亞並不孤單。我不會再放妳一個人！你有我們。哈哈哈，雖然是陳腔濫調，但是我會一直和愛西亞在一起。所以不要哭了，笑一個。還是笑容最適合愛西亞！」

「……來到這個國家真是太好了。可以遇見一誠先生。一誠先生……一誠先生……」

愛西亞以撒嬌的聲音把臉埋進我的胸膛。伸手抱住我——

「——！」

我的手僵住了。

愛西亞的背、背……是空的！也對。裸體圍裙只有用布料遮住前面，後面什麼也沒有。

連可愛的臀部都露在外面囉，愛西亞！

唉，愛西亞白皙的肌膚看起來好滑嫩……我一直很想在上面磨蹭，但是每次都會受到良心的苛責！

我該怎麼辦！我究竟該怎麼辦！

不知何去何從的雙手，就這麼在空中空虛顫抖。

抓屁股？我應該一把抓住她柔嫩的屁股嗎！

我、我怎麼可能這麼做……我當然很想！而且感覺愛西亞也只會一面感到驚訝，一面毫不抗拒地接受，但是……不行不行，我應該保護愛西亞，怎麼可以任憑慾望的驅使，亂摸她的屁股……

啊啊，手、手擅自朝她的屁股——

「被趕出來了。莉雅絲真是的，這麼害羞……——咦，哎呀哎呀。」

回來的媽媽看見我和愛西亞，臉上露出笑容。

「媽、媽媽！」

「哎呀哎呀，我這個老人家真是的，好像打擾到你們。繼續啊？廚房也是很了不起的戰場喔。只要完事之後記得收拾，一點問題都沒有喔？啊啊～真想趕快抱孫子～」

嗚哇啊啊啊啊啊啊啊啊啊啊啊啊！

我忍不住放開愛西亞，逃離現場！

竟然！竟然被媽媽看見這種場面！

那是多麼羞恥啊啊啊啊啊！

「一誠！我也換好了！」

聽見社長的聲音，我轉頭看去——

噗！

噴出鼻血！

社長以超越愛西亞的煽情裸體圍裙裝扮現身！圍裙的面積只夠遮住重要部位，外型也是勉強看得出來是圍裙。

「那麼愛西亞，我們就這樣做飯吧。」

「啊，是的！」

兩個人同時站在廚房……但是從背後看去幾乎是全裸——

血、我的血不夠啊啊啊啊啊！

在那之後，下班回家的爸爸也因家中兩名年輕女孩的裸體圍裙裝扮噴出鼻血，父子兩人都在鼻孔塞面紙。

「爸爸好幸福。工作一整天的疲勞都這麼飛走了。」

「是啊，我也一樣，爸爸。總覺得這讓我瞬間忘記許多難受的事。」

「兒子啊，你一定要娶她們。這樣一來莉雅絲和愛西亞才會變成我的女兒。」

「哈哈哈。我會努力的，父親大人。」

臉上露出滿足的笑容，父子相談甚歡。

—○●○—

這一天我也是和社長還有愛西亞一起睡，但是到了深夜，我和社長感覺到前所未有的壓力而醒來。

社長從床上跳起來，站到窗前。

愛西亞似乎也感覺到什麼，挺起身子。

從窗戶向下看，有個人影站在我家前面抬頭仰望——

「……臭神父！」

來者對我們露出低俗的挑釁笑容，正是白髮的少年神父弗利德。

混帳！在那之後發生什麼事？木場呢？可惡！我好想知道！

他對我們招手。

「……墮天使啊。」

忿忿低語的社長彈了一下手指，立刻換上學生制服，打開房門。

「呀喝～～一誠、愛西亞。你們看起來心情不錯嘛。還好嗎？哎呀呀，你們剛才該不會在做○吧？那可就抱歉了。我這個人向來是以不懂察言觀色為賣點。」

我們一走出家門，那個臭神父便以一貫的戲謔語氣開口。

「你有什麼事？」

聽到我的問題，那個傢伙只是露出嘲弄的笑容聳肩。

剛才是這個傢伙散發那麼沉重的壓力嗎？不，這個傢伙雖然會讓我感到毛骨悚然，但也僅止於此。那種感覺相當上級惡魔——

社長似乎察覺到什麼，仰望天空。

有人以月亮為背景飛在空中——是個長有漆黑羽翼的……男性墮天使！

一、二、三……五對黑色羽翼！

那個年輕的男性墮天使身穿精心裝飾的長袍。他一看見社長便忍不住苦笑：

「這是我們第一次見面吧，吉蒙里家的女兒。好一頭美麗的紅髮啊。讓我聯想到你那可恨的兄長，都快吐出來了。」

嗚喔喔，一開口就這麼挑釁！就連我都能感覺到他的憎惡。

社長也露出冷淡的表情。好、好可怕……

「你好，墮落天使的幹部——科卡比勒。還有，我的名字是莉雅絲·吉蒙里，還請你記住了。再順便告訴你，吉蒙里家和我們的魔王之間的關係，可以說是最為親密，也最為疏遠。如果你是為了政治上的勾心鬥角在此與我接觸，也只是白費力氣。」

——科卡比勒？

科卡比勒！墮天使的幹部！真、真的嗎！

是那個在聖經、知名文獻出現的傢伙本人！

那不就是超級大人物嗎！不妙吧！這真的太危險了！

仔細一看，科卡比勒好像抱著什麼東西。我定睛一看……是人？他抱著一個人？

「這是見面禮。」

咻。

他忽然把抱在手上的人朝我們這邊丟過來。

「喔、喔！」

我立刻做出反應，準備接住那個人。

咚。

順利飛到我手上的——是紫藤伊莉娜！

渾身是血！呼吸紊亂！而且滿身是傷！是在那之後追擊弗利德等人才搞成這樣嗎？那麼木場和潔諾維亞又怎麼了？

「吶，喂，伊莉娜！」

無論我怎麼叫她，她都只是痛苦地呻吟，沒有回答。這樣不太妙吧！

「誰叫他們要到我們的根據地，我們當然好好歡迎他們一下。不過倒是有兩隻逃了。」

科卡比勒一面嘲笑一面開口。依照他的說法，木場和潔諾薇亞逃掉了。

「愛西亞！」

我把伊莉娜放到路上，讓愛西亞為她治療。愛西亞身上發出綠色的光芒，籠罩伊莉娜的身體。

伊莉娜的表情慢慢變得和緩，呼吸也逐漸穩定。

王者之劍不在她身上。發生了什麼事？

我的疑問沒有得到解答，科卡比勒繼續說道：

「我才不幹和魔王談判這種蠢事。不過如果先玩過瑟傑克斯的妹妹再殺了她，或許能引發他的衝動，讓他針對我吧。這樣好像也不賴。」

社長以蔑視的眼神瞪視卡可比勒：

「……所以呢？你來找我的目的是什麼？」

科卡比勒興高采烈地回答社長的問題：

「我要以妳的根據地駒王學園為中心，在這個鎮上大鬧特鬧。如此一來瑟傑克斯總會出馬了吧？」

他……他說什麼！

「要是你這麼做，墮天使與神、惡魔之間的戰爭會再次爆發喔？」

「正如我所願。我本來以為偷走王者之劍，米迦勒就會對我們發動戰爭……沒想到只派來嘍囉驅魔師和兩名聖劍士。無聊。太無聊了！所以——我想要在惡魔的、瑟傑克斯的妹妹的根據地大鬧一場。如何，很有意思吧？」

社長不禁咋舌。社長會有這種反應，就證明她真的很憤怒。

只不過他竟然要執行這種計畫！米迦勒不是地位僅次於神的天使嗎？

就連對這些知識還很懵懂的我，都在書上見過這個名字好幾次。居然想找這種大人物開戰！該說他不愧是墮天使的幹部嗎！

而且這次還把歪腦筋打到我們頭上——理由只是因為無聊！

「……該死的戰爭狂。」

社長忿忿低語，然而這只是讓科卡比勒興奮大笑：

「沒錯。妳沒說錯！在三方大戰結束之後，我一直覺得很無聊！阿撒塞勒和歐穆赫撒對下一場戰爭的態度都很消極。不僅如此，他們還開始收集神器(sacred gear)那種無聊的東西，整天埋首做些莫名其妙的研究。那種沒什麼用的東西又不見得能成為我們的關鍵武器！好吧……如果是那邊那個小鬼手上的『赤龍帝的手甲(boosted gear)』那種等級的東西就另當別論……但是那種貨色又不可能輕易找到。」

科卡比勒的視線移到我身上……好沉重的壓力。

我雖然全身發抖……還是以強勢的態度詢問他：

「……你們連我的神器(sacred gear)都想要嗎？」

「至少我沒有興趣——但是阿撒塞勒或許會想要吧。那傢伙的收藏欲太強了。」

——阿撒塞勒？

是墮天使組織的總督吧。他在收集神器(sacred gear)？

「無論如何，我都要在妳的根據地來場聖劍爭奪戰，莉雅絲・吉蒙里。為了引發戰爭！瑟傑克斯的妹妹和利維坦的妹妹上學的地方，想必瀰漫著魔力的波動，足以讓我享受混沌吧！最適合用來解放王者之劍原本的力量！拿來當成戰場正好。」

亂七八糟！這傢伙的腦袋肯定有問題！

「呀哈哈哈！我的老大很棒吧？他真是瘋到妙極了棒呆了，我才會忍不住一直為他賣命。而且他還給我這麼棒的獎賞。」

弗利德拿出的東西——是王者之劍！

而且兩手各拿一把！腰間還插了兩把！

「右手是『天閃的聖劍（excalibur rapidly）』，左手是『夢幻的聖劍（excalibur nightmare）』，腰間是『透明的聖劍（excalibur transparency）』。還順便從那個女生手上得到『擬態的聖劍（excalibur mimic）』！真想從另外一個女生手上得到『破壞的聖劍（excalibur destruction）』啊。呀哈！我應該是世界上第一個持有這麼多王者之劍的人吧？而且我還從巴爾帕大叔那裡得到能夠駕馭聖劍的便利因子，現正處於全部都能使用的超級狀態喔？超級無敵！我根本是最強的！呀哈哈哈哈哈哈哈哈哈！」

弗利德放聲大笑，彷彿真的覺得很好笑。

「巴爾帕的聖劍研究竟然能達到這種地步，看來是真的做出成績了。老實說，他一開始加入我的作戰時，我還很懷疑他。」

這表示科卡比勒和巴爾帕是一夥的囉。

「你們打算怎麼處理王者之劍？」

社長如此問道。科卡比勒拍動五對羽翼，轉身飛向學園的方向：

「哈哈哈！來場戰爭吧，魔王瑟傑克斯．路西法的妹妹，莉雅絲．吉蒙里！」

錚！

弗利德那個傢伙從懷裡拿出遮蔽視線的道具，發出光芒！

又是這招！我們暫時失去視力，等到恢復之後，科卡比勒和弗利德都已經不見蹤影！

可惡！他們會去的地方只有一個！

「一誠，我們去學校！」

「是！」

對付墮天使幹部的大決戰正要開始！

Life.4 上吧！神祕學研究社！

「莉雅絲學姊，學園已經籠罩大型結界。這下子只要沒有發生太誇張的事，結界外面就不會受害。」

匙向社長報告現況。

我們神祕學研究社以及學生會的成員，聚集在距離駒王學園不遠的公園。但是——只有木場不在。你跑到哪裡去了，木場……

我們把負傷的伊莉娜送到會長住的地方。多虧了愛西亞的力量，避免最糟糕的狀況。

學生會的匙正在對社長說明結界。大概是因為被打屁股的影響吧，他站得不太自然。

根據他的說法，學生會會長支取倉那學姊接到社長的聯絡之後，便召集學生會的所有成員，在學園張設大規模的結界。

這是為了不讓裡面發生的事外洩所做的處置。

畢竟對手是聖經和相關文獻上都看得到名字的墮天使幹部，會發生什麼事都不奇怪。

「這只能把損害降到最低。老實說，如果科卡比勒拿出真本事來，別說學園，整個地方都市都會毀於一旦。更何況他好像已經開始在進行準備。我的僕人看見他人在操場，正在逐步解放力量。」

什麼……

聽到會長的話，我嚇得說不出話來。不會吧！規模有這麼大嗎！

原來科卡比勒是這麼強大的存在……

那位幹部大人也太喜歡給旁人帶來困擾了！只因為他的恣意妄為——想要引發戰爭，就打算破壞我住的城鎮？

——開什麼玩笑！

別開玩笑了，臭墮天使！我不會讓你那樣亂來！

我要在這個城鎮，和社長、愛西亞、所有人，大家一起快樂生活下去！

在怒氣沖沖的我身旁，會長繼續說明：

「為了盡可能抑制攻擊，我和眷屬會各自就定位，持續維持結界。我們想把災情抑制到最低……學園有所損傷雖然難以承受，既然來者是墮天使的幹部，也只能忍耐了。」

會長瞇起眼睛，以充滿恨意的眼光瞪著學園的方向。大概是在瞪裡面的科卡比勒吧。

學園無可避免會受創啊。我、我們就讀的學校……

「謝謝妳，蒼那。剩下的我們會想辦法。」

「莉雅絲，對手是和我們不同層級的怪物喔？——妳們肯定會輸。現在還不算遲，找妳的哥哥——」

社長搖頭否定：

「妳不是也沒有找妳的姊姊嗎？」

「我……妳的哥哥那麼愛妳。如果找瑟傑克斯大人，他一定會有所行動。所以——」

「我已經詢問過瑟傑克斯大人。」

朱乃學姊在一旁打斷兩人的對話。

「朱乃！」

社長出聲指責，但是朱乃學姊難得露出生氣的表情：

「莉雅絲，我知道妳不想給瑟傑克斯大人添麻煩。畢竟這是在妳的領土、妳的根據地發生的事，而且妳剛和家裡鬧過不愉快。但是既然來者是幹部，那又另當別論。問題已經遠超過妳個人能夠解決的範圍——我們還是借用魔王的力量吧。」

……我還是第一次看見像那樣對社長咄咄相逼的朱乃學姊。話說她私下果然稱呼社長「莉雅絲」，口氣也沒那麼客氣。

社長好像還想說些什麼，不過只是長嘆一口氣，輕輕點頭。

確認社長的意思之後，朱乃學姊恢復平常笑咪咪的表情：

「謝謝您的諒解，社長。蒼那大人，瑟傑克斯大人表示援軍會在一個小時之後到達。」

「一個小時……我知道了，在這段時間裡，我們學生會將賭上西迪眷屬之名，持續張設結界。」

聽見會長的決心，社長似乎也有所覺悟：

「……一個小時啊。好了，我的惡魔僕人們，我們要負責進攻。衝進結界裡的學園，吸引科卡比勒的注意。這和對菲尼克斯之戰不同，是死戰！儘管如此我還是不准你們死！你們所有人都得活著回來，繼續在那所學園上學！」

「是！」

我們氣勢如虹地回答！

「兵藤！剩下就拜託你了。」

「我知道，匙。你只要顧好自己屁股的傷就好。」

「閉嘴！被你這麼一說我覺得更痛了！你自己的屁股又怎麼樣？」

嗚！被他那麼一說，我的屁股也開始抽痛！

「呵呵呵，社長的愛好痛。不過現在的狀況也有如火燒屁股。」

「不不不，這一點也不好笑。話說回來——木場還沒現身？」

「是啊，我相信他沒事。」

「說得也是，我也這麼相信。」

我和匙握拳互擊，祈望彼此好好奮鬥。

決戰時刻！到了緊要關頭，我也會——

『交給我吧，搭檔。科卡比勒啊。的確是個夠格的對手。就讓他見識一下吧。』

沒錯，德萊格。

讓他見識惱羞成怒找神和魔王打架的龍有多麼強大的力量吧。

○●○

我們從正門大大方方走進校園。

一走進來，我就利用升變從「士兵(pawn)」升級「皇后(queen)」，提升基礎能力。我變成惡魔的時日尚淺，即使變成「皇后」力量還是輸朱乃學姊一大截。

——

眼前異樣的光景讓我說不出話來。

操場中央有四把劍發出神聖的光芒，飄在空中。一個詭異的魔法陣以此為中心，占據整個操場。

一名老男人站在魔法陣中央——是巴爾帕．伽利略？

那個老頭想用這個魔法陣做什麼？

「這到底是……」

我忍不住說出我的疑問。

「我要將四把王者之劍合而為一。」

巴爾帕愉快開口。

「巴爾帕，統整王者之劍還要多久？」

「！」

有個聲音從空中傳來！所有社員看向天空，只見月光映照科卡比勒的身影。

他坐著椅子飄在空中，俯視我們……他是用墮天使的力量讓椅子浮空嗎？而且還一派輕鬆的模樣翹腳！

「不用五分鐘，科卡比勒。」

「是嗎？那就拜託你了。」

科卡比勒的視線從巴爾帕移到社長身上：

「瑟傑克斯會來嗎？還是賽拉芙露？」

「我們會代替兄長和利維坦陛下——」

咻！轟——————隆——————！

在風切聲之後，爆炸聲隨著爆風一起在周圍擴散。

——！

爆炸的來源是——不，應該說是原本的體育館。消、消失無蹤？灰飛煙滅嗎！

「無聊。算了，至少可以當成餘興節目。」

體育館原本的所在位置斜插巨大光柱。那該不會是墮天使的光之長槍吧？不、不會吧……？也、也太大了！那個跟之前的墮天使大姊的長槍相比，簡直就像曬衣竿比牙籤！

如、如果直接被那個擊中……

『你害怕啦，搭檔。』

德萊格直接對我的心說話。

看見那種東西當然會怕！那已經不只是超乎規格！根本就是不同次元了！

『是啊，你們的次元確實不同。那個傢伙是見名於聖經，亙古至今的強者。是和過去的魔王與神交戰之後，依然倖存下來的傢伙。』

打得贏嗎？我打得贏那傢伙嗎？

『情況危急時，即使把你的大半身體變成龍也會打倒他。即使無法打倒，也能讓他受重傷，一個小時無法動彈。剩下的就交給魔王吧。』

……他有強到這種等級啊。

看來我也只能有所覺悟……不過鎧甲具現化是最後手段，只能強化我十秒鐘。

我不顧體力、魔力的極限得到的禁手(balance breaker)之力，一旦解放幾乎可以說是無敵。但是使用過後會有整整三天無法使用神器(sacred gear)。

如果要用，也得等到非生即死的緊要關頭。

「好了，你們就陪我從地獄帶來的寵物玩玩吧。」

隨著科卡比勒的彈指聲，有個東西踏著足以搖晃地面的沉重步伐，從夜色的深處現身。

那是遠遠超乎我的想像的東西。

八……不，應該有十公尺的黑色的龐然大物。牠有四隻粗壯的腳，腳上還有極為銳利的爪子，讓人光是看見就覺得背脊發寒。

血紅色的雙眼在夜色裡閃爍光輝，突出的嘴巴露出極其兇惡的尖牙。尖牙一根根森然羅列，白色的氣息從牙間縫隙流洩。

我所知道的生物裡，和牠最像的是——狗。

但是那怎麼可能是狗！狗哪會有三顆頭！

嘎喔喔喔喔喔喔喔喔喔喔喔喔喔喔喔喔喔喔喔喔喔喔喔喔喔喔！

咆哮聲震徹四周！而且是三顆頭同時大吼！

「──塞伯拉斯！」

社長忿忿開口。

「塞伯拉斯？」

「是啊，別稱地獄守門犬的知名魔物。」

地、地獄守門犬……！那隻狗是這麼可怕的怪物嗎！

「牠原本棲息在通往地獄──冥界之門的周遭，竟然把牠帶到人類世界！」

「很麻煩嗎？」

「也只能上了！將牠灰飛煙滅吧，一誠！」

喔喔，社長氣勢如虹！那麼我也要振作！

「是的，社長！上吧，boosted gear！」

『Boost!』

好──臭狗，看來你的規矩不太好，就讓我好好調教你！

就在我鼓起幹勁時，社長拍拍我的肩膀：

「一誠，這次由我們掩護你。」

「是要我提昇力量，負責最後一擊嗎？」

聽到我的問題，社長搖搖頭：

「不，我要你專職支援，把你提升的力量轉讓給其他夥伴。Boosted gear不但是提升自身力量的神器（sacred gear），同時也能在團體戰裡讓我方成員的力量得到飛躍性的上升。」

——用贈禮的能力強化其他夥伴。

將倍增的boost gear之力轉讓給遠比原本的我強上許多的社長和朱乃學姊……需要恢復時也一樣，強化愛西亞的能力更能發揮絕大的功效！

現在是要我以倍化後的力量，增強眷屬惡魔的力量囉！

這樣一來，說不定連科卡比勒都有辦法對付？即使無法造成重大傷害，只要得到的力量足以抵銷他的攻擊就夠了！

社長接著問道：

「對了一誠，轉讓加上你自己的強化，總共可以使用幾次？」

沒錯，我的神器（sacred gear）在使用上有限度。能使力量倍增的神器（sacred gear）雖然十分強大，但是使用次數受到我這個持有者的力量影響。

如果我的力量耗盡，神器（sacred gear）會停擺，身體也會瞬間無力。

「考慮到我目前的體力，以提升到極限來說可以用三、四次。不，可能到了第四次我就會不支倒地，所以算三次吧。」

「這樣啊。那就不能浪費了。」

不好意思，社長。

如果降低倍化的次數應該可以多使用幾次，但是眼前的對手不容許我們這麼做吧。

總覺得今天一整天，我好像成了便利的道具……這倒是沒關係。

「朱乃！」

啪！

社長背上長出翅膀，和朱乃學姊一起飛上天空。

吼嗚嗚嗚——嗚嗚嗚——嗚嗚嗚嗚！

塞伯拉斯出聲威嚇——然後一口氣衝過來！

轟——！

其中一顆頭朝飛在空中的社長吐出火焰！嗚喔！果然是怪獸！

「太弱了。」

朱乃學姊擋在社長身前，瞬間凍結火焰。不愧是我們的「皇后（queen）」！

「接招吧！」

從朱乃學姊背後飛出來的社長，朝塞伯拉斯發出黑色的巨大魔力凝聚體。

——毀滅的一擊。

社長的魔力強大到足以將接觸的一切事物消滅。

轟————！

那隻怪狗的另一顆頭也吐出火球！社長的魔力和塞伯拉斯的火焰在空中激烈衝突！

這時剩下的一顆頭又吐出火球！

可惡！原來是三連擊！

第一顆火球原本快要被社長的攻擊壓制，卻得到第二顆火球的助力！火焰的威力大增，現在反而是社長的魔力快要被壓過。

而且塞伯拉斯打算繼續攻擊！牠要是再吐一顆火球，即使社長的魔力再怎麼強——

「有破綻！」

咚！

從一旁闖進來的小貓朝塞伯拉斯的頭部狠狠揍了一拳！

好大的聲響！妳可別用那麼猛的拳頭揍我啊，小貓！

「再賞你一記吧。」

朱乃學姊伸手朝向天空，夜空便產生雷光。

接著順勢指向塞伯拉斯——

錚！

瞬間的閃光過後，塞伯拉斯遭到劇烈的電擊包圍！朱乃學姊賞了那隻壞狗一記特大的落雷！

此時社長的魔力也襲向牠！

不過只有擊中塞伯拉斯的側腹，身體沒有就此消滅。妖怪狗的側腹噴出漆黑的鮮血。

塞伯拉斯即使身上冒煙，眼神依然凌厲。遭到那一輪猛攻，竟然還有辦法動彈。

至於我的倍化——

還沒有提升到極限。儘管我升變成為「皇后」，但是不像朱乃學姊那麼熟悉「皇后」的角色——也就是修煉還不夠。

基本上以惡魔來說，我的能力還算很弱。

——我想變得更強。

我一定要在這場戰鬥之中活下來！然後進行更多修煉，讓自己更接近社長說的「最強的『士兵』」！

咕嚕嚕嚕嚕嚕嚕嚕嚕嚕嚕。

耳朵聽到一陣危險的低吟聲……

我戰戰兢兢轉過頭——

「還有另外一隻啊！」

黑暗中出現另外一隻塞伯拉斯！開什麼玩笑！再來一隻可不是鬧著玩的！

嘎──啊────！

第二隻放聲咆哮，朝我和愛西亞衝過來！

糟糕！該逃嗎？只要我別攻擊或被攻擊，正在倍增的力量應該不至於歸零。我只能抱著愛西亞到處逃命嗎！

可是在校園裡怎麼逃都有限度吧！

「一誠，別管那麼多了，這次先提升自己的力量！」

這大概是眼前最好的辦法了。但是我覺得即使在此為了自己使用力量，光是逃跑就會耗盡時間！

但是為了保護愛西亞，這也是沒辦法的事！

就在我下定決心之時。

「唰！」

衝向我們的塞伯拉斯，有顆頭飛到空中！

有人砍牠！牠被砍頭了！

誰？是木場嗎──

然而出現在我眼前的人，是揮舞王者之劍的少女──潔諾薇亞。飛上天的魔犬頭顱化為塵埃，隨風而逝。

「我來幫忙。」

噠！

話聲一落潔諾薇亞便衝了出去，砍向少了一顆頭，放聲慘叫的塞伯拉斯。

嘎——啊————！

中了破壞力驚人的一劍，塞伯拉斯受到重傷。隨著煙霧瀰漫，塞伯拉斯的身體消失了一大塊。這就是聖劍的威力！

「聖劍的斬擊，能對魔物造成無比的傷害——」

沙！

潔諾薇亞朝倒下的塞伯拉斯又是一劍，長劍深深刺進牠的胸膛，給牠最後一擊。

塞伯拉斯的身體瞬間化為塵土，四散在空中。

呼。

我的手甲開始閃爍。明明還沒提升到極限，怎麼會出現這種現象？

這時德萊格回答我的疑問：

『這是在告訴你，力量已經提升到轉讓給莉雅絲．吉蒙里或姬島朱乃，就能打倒塞伯拉斯的階段。』

真的假的？什麼時候多出這麼方便的功能？

『這表示你和神器(sacred gear)每天都在不斷進化、變化。神器(sacred gear)實現你的期望。你之前不是無法掌握自己和對手之間的實力差距，不知道該倍增到何種程度嗎？所以現在才會像這樣通知你。』

的確是這樣沒錯，那就表示神器(sacred gear)因應我的弱點有所進化？而且連夥伴和敵人的實力差距都知道。

這真是太好了！我對飛在空中的社長和朱乃學姊大喊：

「社長！朱乃學姊！力量已經足以解決塞伯拉斯！」

聽見我這句話，社長和朱乃學姊相視點頭。

她們兩個同時朝我的方向降落。

「一誠！你在和萊薩交手時，曾經同時強化十字架和聖水的功效吧？」

「咦？是啊，的確是那麼回事。」

「那就表示可以同時強化囉！你把力量轉讓給我和朱乃吧！」

德萊格，當時我是情急之下才那麼做，不過真的辦得到嗎？

『行啊，最多可以同時轉讓給兩個對象。但是雙方都只能得到倍化力量的七到八成。』

我對社長和朱乃學姊說明，她們好像都能接受。

「這樣的力量已經足夠。」

「沒錯，夠了。」

「拜託你了！」

社長與朱乃學姊同時對我下達指示。

我把手放在社長和朱乃學姊的肩上，發動神器（sacred gear）。

「準備好了，boosted gear！Gift！」

『Transfer!!』

噗通。

我感覺到一股壓倒性的力量洪流，透過我的身體流向社長和朱乃學姊。

她們兩個的身上頓時發出驚人的魔力。雙方都對滿溢的力量感到驚訝。

「——沒問題。」

社長露出無畏的笑容，朱乃學姊也跟著點頭。

「朱乃！」

「是的！天雷啊！響徹雲霄吧！」

朱乃學姊舉手指向天空，控制雷光。接著把手指瞄準塞伯拉斯。

塞伯拉斯似乎是察覺到雷擊，打算逃離現場！

唰咻！

無數的劍貫穿塞伯拉斯的四肢！劍是從地面長出來的！這是——

「別想逃。」

我們的「騎士（knight）」在此現身！

這是木場的「魔劍創造（sword birth）」！那個混帳，還真會挑時間！

錚！

雷擊從天而降，落在被魔劍釘住，動彈不得的塞伯拉斯身上。規模與剛才差太多了！

雷柱占據大半個操場！

隆————————！

「————！」

塞伯拉斯的叫聲被雷聲掩蓋，身體也在雷光之中化為虛無。

雖然力量得到如此的強化，但是隨著威力提升，魔力消耗也會跟著增加。

即使是社長和朱乃學姊，也很難連續發動攻擊。

在大狗消失的瞬間，社長舉手指向卡可比勒！

「接招吧！科卡比勒！」

呼————轟————！

社長從手上發射巨大的魔力凝聚體！

「好大！」

我忍不住驚叫出聲。這記攻擊的大小比社長平常發出的魔力，還要大上不只十倍！

魔力凝聚體以凌厲的速度，襲向坐在空中的墮天使幹部！

落在科卡比勒身上的毀滅攻擊！就此毀滅吧！

但是——

那傢伙只是朝前方伸出一隻手。

轟————————！

只用一隻手就擋下社長的攻擊？不會吧！那麼巨大的魔力竟然只用一隻手就能接住！

呼！

科卡比勒舉手向上，使社長發射的魔力凝聚體改變軌道飛向高空，消失在黑夜盡頭。

看著掌心冒出的煙，科卡比勒露出開心的笑容：

「原來如此。只要有赤龍帝的能力，莉雅絲．吉蒙里的力量就能提升到這個境界——有意思。這真是太有意思了。」

科卡比勒心花怒放，兀自在空中放聲大笑。

「——完成了。」

這是巴爾帕的聲音。此時操場中央的四把王者之劍發出非比尋常的強光。怎麼了？這是什麼情況？

科卡比勒在空中拍手：

「四把王者之劍即將合而為一。」

神聖的光輝逐漸擴張，籠罩整個操場。

眩目的光芒讓我們不禁伸手遮住臉。定睛看向操場中央，可以看見四把聖劍逐漸合在一起的模樣。

王者之劍原本就是同一把劍。被拆成七把之後，如今其中四把又變一把。

眩目的光芒平息，操場中央出現一把散發藍白氣焰的聖劍。

「王者之劍合而為一時發出的光，使得下方的術式也完成了。不用二十分鐘，這個城鎮就會崩毀。想要解除術式，只有打倒科卡比勒才行。」

巴爾帕說出令人震驚的話語。

啥……

我嚇到說不出話來。那還用說，再過二十分鐘我所居住的城鎮就會毀滅？

占據整個操場的魔法陣開始發光，累積力量。

魔法陣發動了？真的嗎？我的城鎮、我居住的這個地方會就此消失？騙我的吧！這絕對是在騙我！

說什麼只要撐到瑟傑克斯陛下帶領援軍過來這裡，事情已經不容我們那麼悠哉！等到魔王陛下抵達，這個城鎮早已灰飛煙滅！

「弗利德！」

科卡比勒呼叫那個臭神父。

「來了，老大。」

白髮的少年神父從黑暗之中走出來。

「魔法陣裡的王者之劍由你使用。這是最後的餘興節目，讓我瞧瞧得到四把王者之劍力量的聖劍能打到什麼地步。」

「好好好。真——是的，我們家老大真會使喚人。不過不過！我該說些可以使用升級為超強版本王者之劍，真是無上的光榮之類的話？嗚嘿嘿！那我就去找那些惡魔試刀吧！」

弗利德露出瘋狂的笑容，握住操場上的王者之劍。

他有辦法使用嗎？他曾經說過巴爾帕給了他什麼因子。

潔諾薇亞對木場說道：

「莉雅絲·吉蒙里的『騎士(knight)』，如果我們的共同戰線還算數，就一起破壞那把王者之劍吧。」

「這樣好嗎？」

聽到木場的問題，潔諾維亞以桀傲不馴的笑容回應：

「再怎麼樣，只要能將形成王者之劍核心的『碎片』帶回去就沒問題。既然使劍的人是弗利德，那把劍即使是聖劍，也不能算是聖劍。聖劍也和一般的武器一樣，使用武器的人不同，情況就不同——那是異端之劍。」

「咯咯咯……」

聽到他們的對話，巴爾帕笑了。

「巴爾帕．伽利略，我是『聖劍計畫』的倖存者。不，正確說來是曾經死在你手下的人。我是轉生成為惡魔才能活到今天。」

木場冷靜地對巴爾帕開口，但是眼中蘊藏憎恨的火焰。巴爾帕的回應一有什麼不對，他可能就會衝出去。

「喔？那個計劃的倖存者啊。實在是造化弄人，沒想到竟然會在這種遠東國家見面，我們還真是有緣。哼哼哼。」

他笑得好惹人厭，語氣也很瞧不起人。

「——我很喜歡聖劍，喜歡到連作夢都會夢到聖劍。大概是因為以前讀過的王者之劍傳記，讓我的心雀躍不已吧。正因為如此，當我知道自己無法成為聖劍士時，真的非常絕望。」

巴爾帕突然開始訴說。是老頭子的講古嗎？

「因為自己無法使用聖劍，更是對能夠使用的人抱持憧憬。憧憬的心日漸高漲，於是我埋首研究如何以人工方式，創造能夠使用聖劍的人。多虧了你們的幫忙，研究成功了。」

「什麼？成功？你明明把我們當成失敗作處理吧？」

挑眉的木場一臉懷疑。依照木場、社長，還有潔諾維亞等人的說法，木場他們的研究應該失敗了。所以才會認為他們沒有用處，把他們處理掉啊？

然而事情出乎我們的意料，巴爾帕搖頭說道：

「我察覺到使用聖劍需要有某種因子，便以因子的數值調查適性。參與實驗的年少男女幾乎都擁有因子，但是每個人的數值都不到能夠運用王者之劍的程度。於是我得到一個結論——既然如此『不知道能不能抽取、收集那些因子』？」

「原來如此，我懂了。聖劍士在接受祝福時，放進體內的東西就是——」

潔諾維亞似乎察覺到真相，忿忿地咬牙切齒。

這、這是怎麼回事……？

不顧滿心疑問的我，巴爾帕繼續說道：

「沒錯，少女聖劍士。我們從擁有神聖因子的人體內抽出，加以結晶。就像這樣。」

巴爾帕從懷裡掏出一個閃耀光芒的球體，光芒十分耀眼。那個球體散發神聖的氣焰。

「得到這個之後，聖劍士的研究有了飛躍性的進展。然而教會那些人卻把我當成異端，將我排除，還把研究資料搶走。既然有妳這樣的劍士，就表示有人接續我的研究吧。該死的米迦勒，千方百計將我打成罪人，自己還不是一樣。好吧，以那個天使的行事風格，即使抽出實驗對象的因子，也不至於殺了他們，至少可以說是比我人道吧。咯咯咯咯咯咯。」

巴爾帕愉快地笑了。

原來如此，就連我這個笨蛋都懂了。這表示目前要以人工方式培育出聖劍士，就必須有所犧牲吧。

起源自巴爾帕研究的因果循環，木場與潔諾維亞都受到波及。

「——你殺了我的同伴，將他們的聖劍適性因子抽走了？」

木場以帶著殺氣的語氣詢問巴爾帕。

「沒錯。這個球體就是當時完成的東西喔？不過有三個用在弗利德他們身上。這是最後一個。」

「呀哈哈哈哈！除了我以外的傢伙在過程之中就因為身體無法配合因子，全部死掉了！嗯～～這麼看來我果然很特別！」

如果弗利德所言為真，就表示被他們搶走的王者之劍的另外兩個使用者都已經死了。

嘖！要死也是弗利德先死吧！真是禍害遺千年！

「你是不是在想禍害遺千年啊，一誠？不不不，我才沒有那麼容易死。」

不准猜我在想什麼，臭神父！

「……巴爾帕．伽利略。你為了自己的研究、自己的欲望，到底草菅多少人命……」

木場的手在發抖，怒意催生的魔力氣焰將他整個人團團包圍，充滿驚人的震撼力。

「哼。既然你這麼說，不如把這個因子結晶給你吧。我的研究已經進展到能夠量產的階段，只要備妥生產環境，隨時可以進行。我現在要先和科卡比勒破壞這個城鎮，之後便四處收集保管在世界各地的傳說聖劍。然後量產聖劍士，使用統合為一把的王者之劍，向米迦勒以及梵蒂岡發動戰爭，讓把我打成罪人的愚蠢天使以及信徒見識見識我的研究。」

這就是巴爾帕和科卡比勒聯手的理由嗎？雙方都憎恨天使，雙方都渴望戰爭——再也沒有比這更差勁的組合了！

巴爾帕沒興趣地將手上的因子結晶隨手一扔。結晶在地上滾了幾圈，停在木場腳邊。

木場輕輕蹲下，撿起結晶。

他摸摸那顆結晶，有點哀傷，有點心疼，又有點懷念。

「……各位……」

眼淚從木場的臉上划過。他的表情充滿悲戚，也帶著憤怒。

就在此時，木場手上的結晶開始發出淡淡的光芒。

光芒緩緩擴散，最後擴大足以籠罩整個操場。

操場的地面到處浮現一顆一顆的光球，逐漸凝聚成形。

形狀越來越清楚——變成一個又一個的人形。

木場四周出現許多散發淡藍白色光芒的年少男女。

難道他們是——

「瀰漫在這個戰場的各種力量，將靈魂從因子的球體之中解放。」

朱乃學姊如此說道。原來有這種事啊。在這種魔劍、聖劍、惡魔、墮天使全部混在一起的狀態，會發生這種事也不奇怪。

木場看著他們，露出懷念又難過的表情。

「大家！我……我……」

沒錯，我也懂了。他們都和木場一樣，是獻身聖劍計畫的人。

——被處理的那些人。

「……我一直……一直在想。活下來的我，只有我還活著真的可以嗎……你們當中有人的夢想比我遠大，有人比我更想活下去。只有我獨自過著和平的生活真的好嗎……」

其中一個少年的靈魂面帶微笑，似乎在對木場傾訴什麼。

他的嘴巴一開一闔，只可惜我不會讀唇術，不知道他在說什麼。

於是朱乃學姊代替他說道：

「……『別管我們。即使只有你也要活下去。』他們是這麼說的。」

不知道是不是這句話傳到木場心裡，他的雙眼流出淚水。

年少男女的靈魂開闔嘴巴的動作開始統一，刻劃出某種節奏。

他們在唱歌嗎？

「──是聖歌。」

愛西亞在一旁低語。

他們在唱聖歌……木場也一邊流淚，一邊跟著他們唱起聖歌。

那是他們在難熬的人體實驗之中，為了保有希望與夢想所得到的唯一──

那是他們在艱困的生活當中，唯一能夠支持他們活下去的食糧──

唱著聖歌的他們和木場，臉上掛著彷彿幼童的純潔笑容。

──！

他們的靈魂發出藍白色的光輝。光輝以木場為中心，越來越眩目。

『我們如果只有自己一個，都派不上用場──』

『我們擁有的因子不足以掌控聖劍。但是──』

『如果結合大家的力量，一定沒問題──』

連我也聽得見他們的聲音。

聽說我們惡魔聽到聖歌，會感到很痛苦。

或許是因為現在的操場裡，有各種力量錯綜複雜形成特殊力場吧，聖歌沒有讓我感到痛苦。我反而感覺到溫暖，那是思念友人、思念同伴的溫暖——

我的眼睛也在不知不覺之間流下淚水。

『接納聖劍吧——』

『沒什麼好怕的——』

『即使沒有神——』

『即使神不眷顧我們——』

『無論何時，我們都是——』

「——一條心。」

他們的靈魂飛上天，化為一顆巨大的光球，落在木場身上。

溫柔的神聖光芒包圍木場。

『搭檔。』

這時德萊格開口了。怎麼了？在這麼令人感動的場面！

『那個「騎士（knight）」辦到了。』

那又怎麼樣！

『神器（sacred gear）會以持有者的意念作為糧食逐漸變化、進化，越來越強。但是除此之外還有另一個領域。當持有者的意念、心願，產生劇烈轉變足以違抗瀰漫這個世界的「流向」時，神器（sacred gear）就會達到那個境界。沒錯，就是——』

德萊格發出開心的笑聲：

『——禁手（balance breaker）。』

劃開黑暗夜空的光，看起來就像在祝福木場。

New Knight & New Rival.

——我只想活下去。

一個人逃離研究設施，一面吐血一面在森林裡狂奔時，我心中只有這個想法。

穿過森林，遇見某名上級惡魔少女時，我的生命已經有如風中殘燭。

「你有什麼願望？」

摟著即將死去的我，紅髮少女如此問道。

在視野逐漸模糊之際，我只說了兩個字。

——救我。

拯救我的性命。拯救我的夥伴。拯救我的人生。

拯救我的心願。拯救我的力量。拯救我的才能。拯救我——

我只是抱持這些想法許願。那是我以人類的身分說出的最後兩個字。

「——以惡魔的身分活下去。這是我的主人所願，也是我的願望。我原本也覺得這樣就夠。但是——唯獨對王者之劍的憎恨和同伴的悔恨，我無法忘懷。不……忘記才是好事。我已經──」

現在的我，已經有最棒的夥伴。

一誠同學，小貓。他們幫忙只顧報仇的我。

當他們和我一起尋找聖劍士時，我不禁這麼想。我有願意幫我的夥伴。我想──「這樣不就夠了嗎？」

但是如果同伴的靈魂希望復仇，我也不能放下憎恨的魔劍。

然而這樣的想法也在剛才得到解脫。

──別管我們。即使只有你也要活下去。

同伴不想復仇。他們沒有如此希望！

「可是事情尚未完全結束。」

沒錯，尚未結束。我必須打倒眼前的邪惡，否則我們這樣的悲劇只會一再重演。

「巴爾帕．伽利略。如果不消滅你，只會出現第二批、第三批像我們一樣，生命不被當成一回事的人。」

「哼。研究必定伴隨犧牲，自古以來就是如此。不就只是這麼回事嗎？」

果然，你太邪惡了！

「木場──────！給我狠狠教訓弗利德那個混帳和王者之劍──────！」

——一誠同學。

「你是莉雅絲・吉蒙里眷屬的『騎士』，也是我的夥伴！更是我的好朋友！戰鬥吧，木場——————！別白費他們的心意和靈魂——————！」

你願意幫我。明明沒有任何好處，明明可能受到主人懲罰——

「祐斗！動手吧！由你自己解決一切！超越王者之劍吧！你是我莉雅絲・吉蒙里的眷屬！我的『騎士』才不會輸給王者之劍那種東西！」

「祐斗！我相信你！」

社長、副社長……莉雅絲社長！朱乃學姊！

「……祐斗學長！」

小貓。

「加油！」

——大家。

「哈哈哈！你在哭什麼？還和那群幽靈一起在戰場正中央唱歌唱得那麼開心，煩死了。真倒楣，我最討厭那首歌了。光是聽到就會讓我的滑嫩肌膚起疹子！我受夠了，忍耐到達極限了！我要把你千刀萬剮平復自己的心情！用這把整合四把王者之劍的無敵聖劍！」

弗利德・瑟然——他身上寄宿我的同伴的靈魂。我不能再讓他繼續用來作惡！我的淚水是決心之淚！

「——我要化身為劍。」

同伴。與我的靈魂融合的同伴。

我們一起超越吧——那時無法達成的意念、願望，就是現在！

「我要化身為社長和伙伴的劍！回應我的意念吧！魔劍創造(sword birth)！」

我的神器(sacred gear)與同伴的靈魂彼此交融。兩者同步，逐漸成形。

魔之力與聖之力逐漸融合。

——沒錯，就是這種感覺。是我的神器(sacred gear)、我的同伴告訴我的。這就是昇華。

隨著神聖的光輝與邪惡的氣息，我的手上出現一把劍——

完成了，各位。

「——禁手(balance breaker)，『雙霸的聖魔劍(sword of betrayer)』。同時擁有聖與魔的劍，你就親身體驗它的威力吧。」

我朝弗利德衝過去。

身為「騎士(knight)」的我，特性是速度！弗利德用眼睛追蹤我的動作，但我做了幾個假動作，脫離他的視野。

鏘————！

儘管如此，弗利德還是擋下我的攻擊。真是了不起的「離群驅魔師(exorcist)」。

不過他的王者之劍上的氣焰被我的劍消除了。

「嗯！那種爛劍，竟然凌駕真正的聖劍！」

他忍不住感到驚訝。

「如果那是真正的王者之劍，或許贏不了吧——但是憑那把王者之劍，絕對斬不斷我和同伴的意念！」

「嘖！」

忍不住咋舌的弗利德推開我，往後一退：

「伸長吧————！」

他的王者之劍像是有自己的意識一般開始扭轉，在半空中劇烈舞動，無跡可尋，朝我直逼而來！

——是「擬態的聖劍（excalibur mimic）」的能力！

原來那把劍擁有四把聖劍的能力。接著劍從前端分岔，神速朝我落下。

這是「天閃的聖劍（excalibur rapidly）」吧。記得它的武器就是速度。

劍尖從四面八方，自由自在施展銳利的刺擊，但是全部被我擋下。

你的殺氣太明顯了。只要知道殺氣來自何處，輕輕鬆鬆就能擋住。

「為什麼！為什麼砍不到————！你是無敵的聖劍吧——！你的最強傳說不是從

古代一直流傳至今嗎——————！」

弗利德不禁大叫。他的身上除了快樂，顯然也伴隨焦躁的陰影。

「不然！不然再追加這一招試試吧——————！」

聖劍的尖端突然消失。

穿透現象？這是「透明的聖劍（excalibur transparency）」的力量。使劍身變成透明的能力。

但是只要殺氣的散發方式不變，即使看不見劍身——

鏘——！鏘！鏘！鏘——————！

透明的刀身和我的劍撞出火花。我完全架開他的攻擊。

「——！」

弗利德眼角抽搐，一臉驚訝。

「就是這樣。繼續和他僵持下去。」

潔諾薇亞從旁介入。她的左手拿著聖劍，右手高舉向天：

「聖彼得、聖巴西流、聖狄尼修，還有聖母馬利亞啊。傾聽我的聲音吧。」

她說的這段話似乎含有某種力量。她想做什麼？

正當我感到懷疑時，眼前出現空間的扭曲現象。潔諾維亞將手伸進扭曲之中。

她隨手摸索，好像抓到什麼東西，便一口氣從次元的縫隙裡抽了出來。

——她的手中握了一把散發神聖氣焰的劍。

「以寄宿在這把劍的聖人之名，我在此解放——杜蘭朵！」

杜蘭朵！

那是與王者之劍齊名的傳說聖劍。而且聽說只論鋒利程度，杜蘭朵堪稱是最強的。為什麼她有這把劍？

「妳說杜蘭朵！」

「妳這個傢伙不是王者之劍的使用者嗎！」

不只巴爾帕，就連可卡比勒也難掩驚訝之色。

「真可惜。我本來就是聖劍杜蘭朵的使用者，只不過是兼任王者之劍使用者。」

潔諾薇亞舉起杜蘭朵，擺出架式。

杜蘭朵與王者之劍的二刀流——

「怎麼可能！我的研究還沒有到達能夠掌控杜蘭朵的領域啊？」

「我想也是。梵蒂岡也無法以人工方式培育杜蘭朵的使用者。」

「那是為什麼！」

「我和伊莉娜他們那些現存的人工聖劍士不同，是少數的天生聖劍士。」

潔諾薇亞的話令巴爾帕啞口無言。看來潔諾薇亞和我們不同，原本就受到聖劍祝福。

「杜蘭朵是遠超乎想像的暴君，會將任何碰觸的東西粉碎，連我的話也不太聽。所以必須關在異空間當中，否則危險至極。就連我這個使用者也拿它沒辦法。好了——弗利德・瑟然，多虧了你的幫忙，才能實現王者之劍與杜蘭朵的頂尖決戰。我現在因為歡喜不住顫抖，可別死在我的第一刀之下喔？儘管發揮王者之劍的力量吧！」

杜蘭朵的刀身散發神聖的氣焰，更勝弗利德手上的王者之劍。

那股氣焰，能夠發揮比我的聖魔劍更強的力量！

「哪有這樣的——！都到了這個地步才冒出那種東西！妳這個混帳王八臭婊子！誰需要這種設定啊——！」

弗利德一邊大叫，一邊將殺氣轉向潔諾薇亞。雖然肉眼看不見，但是幾經分裂的透明劍鋒想必已經朝她襲去。

鏗鏘——！

光是一招橫砍，僅僅如此便讓分裂的聖劍王者之劍粉碎。

杜蘭朵的劍風餘勢，在操場的地面挖出一個大洞。

「——畢竟是已經折斷的聖劍，和這把杜蘭朵根本沒得比。」

潔諾薇亞無聊地嘆口氣。

好驚人的威力。連她手上的「破壞的聖劍（excalibur destruction）」也難以望其項背。

「真的嗎真的嗎真的嗎！傳說中的王者之劍粉身碎骨消失殆盡！太過分了！這下子真的太過分了！哇——！果然不應該拿折斷的東西再利用嗎？人類的膚淺、教會的愚蠢，窺見各種事由的我還想繼續成長！」

我一口氣逼近殺氣減弱的他！

他無法因應我的動作！將軍！

他還打算用王者之劍接下我的聖魔劍——

啪鏘——

金屬的破碎聲響起——是聖劍王者之劍粉碎的聲音。

「——看見了嗎？我們的力量已經超越王者之劍。」

趁著粉碎聖劍之勢，我砍向弗利德。

—○●○—

弗利德倒地，鮮血從我砍出的那道從肩膀到側腹的傷口滴落。

——贏了。

我們超越了王者之劍。我仰望天空，緊緊握住聖魔劍。

比起感慨萬千的感覺，沒了目標的失落感其實更強烈。彷彿我活著的理由之一、我可以活下去的理由之一就此消失——

「什、什麼聖魔劍……？不可能……互斥的兩個要素怎麼可能融合……」

巴爾帕．伽利略的表情僵硬。對，事情還沒結束。

如果不打倒他，悲劇還會繼續發生。不能再出現像我們一樣的人。

「巴爾帕．伽利略。覺悟吧。」

我拿聖魔劍指著巴爾帕，準備砍向他。來吧，同伴。這是最後一劍！了結一切吧！

「……對了！我知道了！聖與魔，如果執掌這兩種要素的平衡出現重大偏差，就可以說明一切！也就是說不只魔王，連神也——」

嘶。

巴爾帕似乎想出某個結論，但是光之長槍貫穿他的胸膛。

——這是！

「咳噗。」

巴爾帕口中吐出血塊，順勢向前趴在運動場。

我衝到他身邊，想要確認他的生死——但是他早已斷氣。

「巴爾帕，你真是太優秀了。能夠想到那個結論，就證明你確實優於常人。但是——即使沒有你，我也無所謂。我原本就能獨自完成一切。」

飛在半空中的可卡比勒語帶嘲弄地開口。是可卡比勒殺了巴爾帕——

「哈哈哈哈！哈——哈、哈、哈哈哈哈哈哈哈哈哈！」

可卡比勒放聲大笑，落到地面。

——壓倒性的沉重壓力。

帶著凌人的自信與氣焰，墮天使的幹部終於站在我們面前。他露出狂妄的笑容說道：

「——你們把赤龍帝的力量提升到極限，然後轉讓給其中一個人吧。」

聽見這番充滿自信的發言，社長不禁暴怒：

「你的意思是想給我們機會？別開玩笑了！」

「別開玩笑？哈哈哈，是你們在開玩笑吧。你們真的以為能夠打倒我嗎？」

光是一個威嚇的眼神，便足以讓全身動彈不得。恐懼控制我整個身體。

……這就是從古以來便記錄在聖經裡的墮天使，散發出來的壓力。

握著聖魔劍的手充滿汗水，寒意甚至竄到指尖。

我在對抗菲尼克斯家那一戰裡，也沒有抖得這麼嚴重。

——死戰。

這是必須覺悟一死，必須接受死了也不足為奇的狀況才能站得住的狀況。

我必須轉換心情。即使仇人消失，戰鬥依然還沒結束。

同伴希望我活下去。我必須活下去才行。

我要度過這個局面，以惡魔的身分、以吉蒙里眷屬的身分，活下去！

助我一臂之力吧，由我和同伴的意念創造的聖魔劍！

「……一誠，發動神器（sacred gear）。」

一誠同學回應社長的話語。

『Boost!』

隨著機械式的語音，他的神器（sacred gear）的寶玉發出鮮紅的閃光。

接下來的幾分鐘——

我們沒有移動半步，也沒有做出任何動作，只是等待一誠同學的倍增。

如果有破綻還是可以出手，但是眼前的墮天使只是站在那邊，我卻找不到任何破綻。

要是衝過去，倒楣的只是自己。腦中淨是浮現這樣的影像，使得我無法胡亂採取行動。

我想現場所有人都是這樣吧。

我只能嚥下口水，一邊發抖，一邊等待赤龍帝的能力提升。

「——來了！」

一誠同學的手甲發出更強烈的光芒。這就表示倍增到達極限吧。

「好了，要轉讓給誰？」

可卡比勒興致盎然地發問。

這時有人伸手指著可卡比勒——是社長。

「一誠！」

「是！」

聽到社長的呼喚，一誠同學便開始轉讓。

兩人伸手交握。交握的兩隻手讓人感覺到信賴以及兩人之間的愛。寶玉的光芒移到社長身上，包覆她全身的紅色魔力氣焰隨之膨脹。

——

強大的魔力波動刺激我的皮膚，社長的手上出現強大的力量。

質量大到讓我覺得只是挨了一招，大概會就此飛散，不留一點痕跡吧。要是中招，大部分的對手都會灰飛煙滅。

——然而我們的對手——

「呼哈哈哈哈！很好！這股魔力的波動！我感受到的魔力波動屬於最上級惡魔的魔力！差一點就是魔王級的魔力了，莉雅絲．吉蒙里！看來妳擁有的才能不在哥哥之下！」

墮天使的幹部發自內心地開懷大笑，表情顯得十分開心。

他——對戰鬥感到喜悅！

「灰飛煙滅吧——————！」

社長的手，發出帶有毀滅之力的最大級魔力凝聚體！

轟————————！

強大的一擊飛向可卡比勒，造成的震動甚至連地底都為之搖晃。單手——不，可卡比勒雙手向前伸，準備迎擊：

「有意思！太有意思了，魔王的妹妹！瑟傑克斯的妹妹！」

墮天使的氣焰源頭．光力，集中在可卡比勒的雙手。

隆————————！

可卡比勒正面接住社長最強的一擊。他的模樣脫離常軌，散發驚人的氣勢！

「嗯嗯嗯嗯嗯嗯嗯嗯嗯嗯嗯嗯！」

社長的攻擊慢慢失去力道，形狀也逐漸潰散！

——連那麼強大的魔力也打不倒他嗎！

但是可卡比勒也不是毫髮無傷。他身上的黑長袍四處綻開，接住魔力的手也在噴血。

不過魔力凝聚體確實慢慢在縮小。社長似乎也因為使出剛才的攻擊疲憊不堪，肩膀劇烈起伏，喘個不停。

那麼強大的攻擊，大概無法連續發射吧。而且以魔力的消耗量來說，也不見得能夠再次發射……

再來只要等一誠同學的神器（sacred gear）再次提升到最大之後轉讓給某個人就行，但是又有誰能打倒這麼強大的可卡比勒？

朱乃學姊？持有聖劍杜蘭朵的潔諾薇亞？

即使是達到禁手（balance breaker）境界的我，頂多只能對可卡比勒造成輕微傷害吧。

至少給我一點時間習慣這種禁手（balance breaker）狀態，情況或許會有所改變，但是我才剛達到這個境界，憑我的力量——

不，現在不是說這種話的時候。我不能任憑他殺害我的夥伴、社員！即使會粉身碎骨我也要衝鋒陷陣！

「雷電啊！」

趁著可卡比勒只顧著對付社長的魔力，朱乃學姊將天雷打在他的身上。

然而可卡比勒只是用黑色羽翼一揮，便輕易消除她的雷電。

「妳想妨礙我嗎，擁有巴拉基勒之力的傢伙！」

「……不要把我和那傢伙相提並論！」

朱乃學姊激動地瞪大眼睛，連續發出雷電，但是全被可卡比勒的羽翼揮開。

巴拉基勒——墮天使的幹部。擁有「雷電」的異名，能夠使喚雷電。

聽說單純比較戰鬥力，足以匹敵身為墮天使總督的阿撒塞勒。

而且巴拉基勒也是朱乃學姊的——

社長的魔力完全消失在可卡比勒手中之後，他放聲大笑：

「妳竟然墮落成為惡魔！哈哈哈！妳的眷屬真是一個比一個有趣，莉雅絲・吉蒙里！赤龍帝、達到禁手(balance breaker)境界的聖劍計畫殘存者，還有巴拉基勒的女兒！看來妳在喜歡怪東西這點，不在妳的哥哥之下！」

「我不准你說哥哥——我們的魔王陛下的壞話！尤其侮辱我的僕人，更是罪該萬死！」

聽見社長的怒吼，可卡比勒只是哼了一聲，說出挑釁的發言：

「那就毀滅我吧！魔王的妹妹！『紅龍(Welsh Dragon)』的飼主！紅髮滅殺姬(ruin princess)啊！對你們惡魔來說，現在站在妳面前的可是長年的宿敵喔？如果不把握這個好機會，妳的程度也不過如此！」

可卡比勒——不知道我的聖魔劍對他可以發揮多大的作用，但是只能上了！

噠！

身後的潔諾薇亞似乎衝了出去。她經過我身邊時低聲開口：

「我們一起上。」

聽見她的話，我也衝了出去。

我將力量灌注在劍上，和潔諾薇亞一起襲向敵人！

潔諾薇亞搶先攻擊可卡比勒。他在手上創造一把光之劍，單手迎擊：

「哼！杜蘭朵！和曾經毀壞的王者之劍不同，這把劍擁有真正的光輝！但是——！」

「——！」

嗡————！空氣的震動引發耳鳴。

可卡比勒空著的手發出波動，將潔諾薇亞彈到空中。

接著又朝她的腹部踢了一腳。

「嗚！」

潔諾薇亞發出痛苦的叫聲，飛了出去。

「畢竟刀劍再強還是得看使用者，小女孩！妳還沒辦法完全駕馭杜蘭朵！杜蘭朵的前任使用者可是強到脫離常軌喔！」

潔諾薇亞在空中重整體勢順利著地，直接一鼓作氣衝去。我也配合她的攻勢同時出招！

「可卡比勒，我要用聖魔劍消滅你！我不可以再失去任何人了！」

「呵！聖劍和聖魔劍同時攻擊！有意思！不錯！來吧！沒有這點程度別想打倒我！」

可卡比勒另一隻手上也出現光之劍，一一應付我們的招式！

我的聖魔劍，潔諾薇亞的杜蘭朵以及王者之劍，所有的斬擊都被可卡比勒輕鬆架開。

唔！就連劍術也是可卡比勒比較高超嗎！

「看招！」

小貓從可卡比勒後方揮拳——

「太天真了！」

但是黑色的羽翼化作銳利的刀刃，毫不留情地砍向小貓。她就這麼被打倒在地，全身上下噴出鮮血。

「小貓！」

「喂，東張西望會死喔！」

我因為小貓的傷瞬間露出破綻，可卡比勒的光之劍便朝我襲來。

鏘————！

「什麼！」

我的聖魔劍出現裂痕！唔！劍的堅硬度是依我的意志而定，要是我的集中力不夠，那怕只有一瞬間，也會降低硬度。對手抓到稍縱即逝的剎那。

咚！

可卡比勒的身體發出衝擊波，打飛無力抵抗的我和潔諾薇亞。好不容易站穩腳步……但是我和潔諾薇亞也是上氣不接下氣。

——贏不了。

這個想法閃過腦袋。無法推翻的實力差距。即使達到禁手(balance breaker)境界，還是有如此差距。

墮天使的幹部——竟然強到這種地步！

不行！我得拋開這種想法！非贏不可！打不贏就無法存活！我要打贏這場仗活下去！

一誠同學和愛西亞趕到小貓身邊。愛西亞發動神器(sacred gear)，開始治療小貓的傷。

太好了。這樣一來小貓也能保住性命。

「可卡比勒！還沒結束！」

我再次在聖魔劍灌注力量勇往直前！聖魔劍的裂痕消失，我以萬全的狀態砍過去！

「哈哈哈！還想打嗎！好啊，來吧！」

「——聖魔劍啊。」

唰！

可卡比勒周圍出現散發聖與魔氣焰的刀刃，將他團團包圍。這樣就能把對手固定在原地。接下來就是一口氣猛攻！

「你以為這樣就能困住我嗎？」

可卡比勒笑得十分狂妄，五對黑色羽翼彷疊在一起的劍，輕易地粉碎周圍的聖魔劍。

唔！沒用嗎！

我從正面砍向可卡比勒，但是墮天使的幹部顯得氣定神閒——只用右手的食指與中指便接下我的聖魔劍！

「就這點程度啊。」

可卡比勒嘆了口氣。被他接住的聖魔劍動彈不得！我再創造一把聖魔劍揮去，但是也被他用左手的兩隻手指接住。

——還沒結束！

我張大嘴巴，在嘴邊創造出聖魔劍——第三把！

我咬著聖魔劍的劍柄，用力把頭一甩！

看來第三次斬擊總算是出乎可卡比勒的意料之外，他放開手上的聖魔劍，朝後方退開。剛才傷到他了？

我確認可卡比勒的狀況，只見他的臉上多一道淺淺的傷痕，稍微滲出一點血。

剛才的攻擊只能造成如此輕微的傷害。這就是墮天使的幹部……

在場的所有人都在大口喘息，臉上露出絕望的表情。

唯一一名表情游刃有餘的人，可卡比勒苦笑說道：

「不過都已經失去必須侍奉的主人，真虧你們這些神的信徒和惡魔還能戰鬥。」

可卡比勒突然說出不明就裡的話語。

他想表達什麼？

「……什麼意思？」

社長以訝異的口氣詢問。

可卡比勒以打從心裡覺得好笑的模樣大笑。

彷彿在嘲笑我們的無知。

「呼哈哈，呼哈哈哈哈哈哈哈哈哈哈哈！這樣啊！原來是這麼回事！看來高層沒有讓底下的傢伙知道那個真相！既然如此，我就順便告訴你們。在之前那場三方大戰之中，除了四大魔王以外，連神也死了。」

——！

……什、什麼……他說什麼……？

在場所有人都是一臉難以置信。

「你們不知道也很正常。神已經死了？誰敢說這種話？人類是群不完整的傢伙，沒有神的他們，就連心理平衡和自己制定的律法都會失效喔？就連我們墮天使和惡魔都不敢讓下面的人知道。誰知道神已死的消息會從哪邊走漏。在三大勢力當中，知道真相的也只有領導者和部分成員。不過剛才巴爾帕似乎已經察覺這件事。」

……沒有神？怎、怎麼可能……

這是真的嗎？不會吧？這種事……不可能……

那、那麼我們在那個研究設施裡飽受煎熬時，信仰的又是什麼……？

「戰後留下來的，是失去神的天使，失去所有魔王以及大半上級惡魔的惡魔，還有除了幹部以外什麼也不剩的墮天使。疲憊不堪根本不足以形容，所有勢力都淪落到必須依賴人類才能延續種族的地步。尤其是天使和墮天使，如果不和人類結合根本無法繁衍後代。墮天使的數量還可以靠天使的墮落來增加，但是純粹的天使在失去神的現在，已經不會再增加。純血惡魔種也很稀少了吧？」

「……不可能……不可能。」

潔諾薇亞在離我不遠的地方全身虛脫，垂頭喪氣。

她的表情十分狼狽，令人不忍卒睹。

現任信徒。神的僕人。以侍奉神為使命活到今天的人——

如今在這裡聽見神已經不存在，失去生存意義，會變成這樣也是理所當然的事。

就連我……我也不禁咬牙切齒，心想之前的人生到底算什麼。

「老實說，如果不是故意發起，不會再發生大規模的戰爭了。在先前的大戰裡，三大勢力受到的損傷就是這麼嚴重。一開始引發爭執的神和魔王都死了，大家都認為戰爭再繼續也沒有意義。阿撒塞勒那傢伙大概是因為在戰爭中失去大部分的部下，竟然宣布『不會再次挑起戰爭』！這叫我如何忍耐！如何忍耐！要我收回已經舉起的拳頭？開什麼玩笑。開什麼玩笑！如果當時繼續打下去，我們說不定會贏啊！他卻做出這種決定！必須延攬持有神器的人類才能存活的墮天使又有什麼價值！」

可卡比勒高談自己的論調，看起來相當憤怒。

事情的真相帶給我們超乎想像的衝擊。

愛西亞摀著嘴巴，眼睛瞪得老大，渾身發抖。

儘管變成惡魔，她依然沒有拋棄信仰之心。

「……主不在了嗎？主……已經死了？那麼給予我們的愛，又是……」

可卡比勒以可笑的模樣回答愛西亞的疑問：

「沒錯。沒有神的守護、神的愛也是正常的，因為神已經不存在。米迦勒做得很好，他代替神統合天使與人類。反正只要神之前使用的『系統』還能正常運作，獻給神的祈禱、祝福、驅魔師等等在某種程度都能執行——只是比起神還在時，遭到捨棄的信徒多上許多。那個小鬼能創造出聖魔劍，也是因為神與魔王的平衡瓦解。照理來說，聖與魔不應該融合。因為執掌聖與魔的平衡的神和魔王都不在了，自然會在各種地方發生特異現象。」

也就是說我能夠完成聖魔劍並非偶然，而是因為神不在才能誕生。感覺真是諷刺。

聽完可卡比勒所言，愛西亞當場癱坐在地。

「愛西亞！振作一點，愛西亞！」

一誠同學摟著她，呼叫她的名字。大受打擊也是理所當然的事。因為她的大半個人生都奉獻給神，相信神的存在，犧牲自己的人生——我能夠體會她的心情。

儘管背叛了神，我也將大半個人生奉獻出去。還有我的同伴也是——

心情實在複雜至極……

但是可卡比勒不理會我們，高舉拳頭說道：

「我要藉著這個機會，發起戰爭！以你們的首級作為見面禮！即使只有我一個也要延續之前的大戰！我要讓瑟傑克斯和米迦勒知道，我們墮天使才是最強的！」

——

路西法。米迦勒。

兩個都是名見於聖經的強者，可是卡比勒想挑戰他們。他的力量足以讓他這麼做。

這就是我們的對手。

——怎麼可能打得贏。

格局和我們大不相同，目標和我們天差地遠。

或許打從一開始，就不是我們應該對抗的對手……

儘管如此——

在握緊劍柄，準備上前的我眼裡，出現一個刺眼的紅色閃光。

——一誠同學。

「開什麼玩笑！怎麼可以讓你為了那種自私的藉口消滅我的城鎮、我的夥伴、社長、愛西亞！而且我還要當上後宮王，你不要妨礙我的計畫，找我麻煩！」

也許你是打算耍帥，但是這樣行不通的，一誠同學。

「哼哼哼。後宮王？哈哈哈，這就是赤龍帝的願望嗎？那麼要不要跟我來？這樣馬上可以當上後宮王囉？在四處征戰時我可以幫你物色美女。你想和她們怎麼亂來都隨便你。」

可卡比勒對一誠同學施以言語攻勢。哼，就算是一誠同學也不會被那種胡言亂語——

「…………」

一誠同學維持耍帥的姿勢僵在原地。

「我、我才不會被那種甜言蜜語給騙了！」

你、你剛才為之停頓了！一、一誠同學，不會吧！

「一誠！真是夠了！擦掉你的口水！為什麼你連這個時候都這麼好色！」

社長也大發雷霆。這是當然。你也太丟臉了，一誠同學！

「……不、不好意思，我就是對後宮兩個字沒有抵抗力……」

「這麼喜歡女生的話，只要我們能活著離開這裡，我會給你很多好處！」

「真的嗎！如、如果我想吸胸部呢！」

「好啊！如果那樣就能打贏這場仗，根本不算什麼！」

錚————————！

Boosted gear的寶玉發出前所未見的光輝！

「呼呼呼。吸。可以吸。我可以吸！」

一誠同學開始露出無畏的笑容：

「現在的我連神也能揍飛。啊，神好像已經不在了。哈哈哈哈！」

刺眼的紅光！我感覺到他的神器(sacred gear)發出無比的強大力量！

「好啊啊啊啊啊啊啊啊！為了吸社長的乳頭，我要打倒你，可卡比勒————！」

——這是什麼理由？

神器(sacred gear)會以宿主的意念決定力量強弱，Boosted gear回應一誠同學低級的好色性格發揮力量。這樣好嗎，「紅龍(Welsh Dragon)」！

大概是因為一誠同學放聲大叫，社長也羞紅臉頰。

我可以體會您的感受，真的。

「……我還是第一次見到一心只想吸女人的乳頭就能解放力量的赤龍帝……你是誰？打從哪裡來的？」

眼角抽搐的可卡比勒如此問道。

一誠同學挺抬頭胸大方回答：

「我是莉雅絲．吉蒙里眷屬的『士兵』！兵藤一誠！給我記住了，可卡比勒！我就是為情色與熱血而活的boosted gear宿主！」

剛才周遭還瀰漫因為實力差距的絕望感，但是一誠同學充滿朝氣的吶喊，卻不可思議地帶給我活力。

真是太愚蠢了。自從和一誠同學扯上關係，我老是在奇怪的時候湧現力量。

我明明不是個性熱血的人——不過這樣也不錯。

社長、朱乃學姊、愛西亞，還有小貓也是，明明已經滿身瘡痍，卻表現出準備對抗可卡比勒的架勢。

還能打。還沒有輸。沒錯，我們還不一定會輸！

所有人團結在一起。就在此時——

「——哼哼哼，有意思。」

空中突然傳來一道聲音。這道聲音不屬於現場的任何人。

擅長判斷各種力量流動的副社長朱乃學姊首先察覺。

她突然抬起頭，仰望天空。接著社長也感應到了。

兩人同時抬頭看向漆黑的夜空。我一時感到訝異，但是隨即明白這是怎麼回事。

抖……

不明就裡的緊張與恐懼竄遍我全身——

散播壓倒性的存在感以及足以令人感到絕望的力量差距，那個東西從天而降。

錚！

直線延伸的白色閃光，劃開黑暗的世界墜落。以那種速度落到地面，想必會隨著地鳴產生隕石坑，在周遭掀起漫天塵土。

——但是沒有發生這種事。

一道白影出現在我們眼前——

在黑暗裡閃閃發光，沒有一絲陰霾，沒有一處黯淡的白色物體。它以貼近地面的高度，飄在戰場上。

白色的全身鎧甲(plate armor)。全身上下到處鑲著看似寶玉的球體，連臉部都包覆在鎧甲下方，看不見來者的表情。

背上的四對光翼劃破黑夜，散發幾近神聖的光輝。

我看過這個全身鎧甲。雖然顏色和形狀不太一樣，但是很像——「赤龍帝的鎧甲(boosted gear scale mail)」——

我想，在那個場面、那個地方、看過那個的人，肯定不只我這麼認為。

同時我們也知道，眼前這個東西是什麼。

「……『白龍（Vanishing Dragon）』。」

第一個說出這個名字的是墮天使的幹部，可卡比勒。

果然沒錯。

與「紅龍（Welsh Dragon）」相對的——「白龍（Vanishing Dragon）」。

我忍不住全身發抖。有種感覺揪住我的內心深處，使我完全無法動彈。我的心同時也被發出神秘光輝的白色形象深深著迷——太美了。

我的身心瞬間就被吸引——

可卡比勒看見身穿白色鎧甲的來者，嘖了一聲：

「『神滅具（longinus）』之一，『白龍皇的光翼（divine dividing）』……既然已經化為鎧甲，就表示這是禁手（balance breaker）狀態的『白龍皇的鎧甲（divine dividing scale mail）』嗎——和『赤龍帝的手甲（boosted gear）』一樣，厭惡至極。」

……禁手（balance breaker）狀態的「白龍（Vanishing Dragon）」。

「……被紅色吸引過來嗎？『白龍（Vanishing Dragon）』，如果你存心妨礙——」

在可卡比勒的話說完之前，他的黑色羽翼兀自飛到天空。

他瞬間噴出鮮血。

「顏色髒兮兮的，簡直是烏鴉的翅膀。阿撒塞勒的翅膀可是更黯淡、更深邃喔？」

以我的視力無法看清楚，但是我可以肯定有個白色的東西襲擊可卡比勒。

「白龍（Vanishing Dragon）」手裡拿著黑色的羽翼。從聲音聽來，「白龍（Vanishing Dragon）」是個年輕男子？

「混、混帳！竟敢折斷我的翅膀！」

失去羽翼的可卡比勒狂怒不已，但是「白龍（Vanishing Dragon）」輕笑說道：

「反正只是墮落的印記。你都墮落到地面之下的世界了，還需要翅膀嗎？難道你還想飛嗎？」

「『白龍（Vanishing Dragon）』！你想忤逆我嗎！」

可卡比勒在空中製造無數的光之長槍，但是「白龍（Vanishing Dragon）」不為所動，明確說道：

「——我的名字是阿爾比恩。」

『Divide!』

隨著語音響起，可卡比勒身上的氣焰一下子減少。

浮在空中的光之長槍也有一半隨之煙消雲散。

「我的神器（sacred gear），『白龍皇的光翼（divine dividing）』的能力之一。每十秒使接觸過的人的力量減半。你的力量將成為我的食糧。沒時間囉？要是不快點打倒我，你會變得連人類都贏不了。」

——和傳說一樣。

赤龍帝的能力是將持有者的力量加倍，還可以轉讓給其他事物。

白龍皇的能力是奪取對手的力量，做為自己的食糧。

可卡比勒拍動剩下的羽翼，上前對付「白龍（Vanishing Dragon）」——阿爾比恩，但是遭到足以稱為光速的動作戲耍，根本抓不到對手。

實力壓倒我們的墮天使幹部，在身穿白色鎧甲之人的面前，也只能被玩弄於股掌之間。

『Divide!』

「該死！」

可卡比勒用光之長槍和光之劍攻擊阿爾比恩，但是白龍皇只是伸手橫掃，便讓這些攻擊全部煙消雲散。

在可卡比勒苦戰的期間，他的力量也在逐漸減半。

『Divide!』

不知道第幾次的語音。可卡比勒的動作已經退化到連我也能夠輕易對付。

阿爾比恩嘆了口氣：

「……已經和中級墮天使差不多嗎？真無聊。我還以為可以多玩一下……該結束了。」

呼。

先是從視野裡消失，阿爾比恩接著劃出光之軌跡，直線朝可卡比勒前進。

咚！

阿爾比恩的拳頭深深陷進可卡比勒的腹部。

可卡比勒的身體彎成く字形，忍不住吐了滿地。

他的身影沒有任何一點不久之前還感覺得到的偉大——

「……怎、怎麼可能……我、我……」

「搞什麼，居然冒出這麼老套的台詞。怎麼可能？我？再來是什麼？不可能嗎？」

阿爾比恩似乎覺得相當可笑：

「阿撒塞勒叫我用拖的也要把你拖回去——看來是你太任性了。」

「你！是嗎！是阿撒塞勒——阿撒塞勒————！我、我————！」

叩！

阿爾比恩的拳頭打在可卡比勒的臉上。

滑……

可卡比勒身體癱軟滑落，直接趴在地面。

——擁有五對羽翼的墮天使幹部，也會趴在地上啊。

阿爾比恩扛起自己打倒的可卡比勒：

「還得把弗利德帶回去，有點事情要問他。至於怎麼處置他之後再說。」

阿爾比恩走到倒地的弗利德身邊，將他抱起來。

撿起兩個人的他展開光翼，準備飛向空中。

『無視我嗎？白色的。』

——第一次聽見的聲音。

聲音是從一誠同學的方向傳來。他的手甲發出光芒。

『你醒啦，紅色的。』

阿爾比恩鎧甲上的寶玉也發出白色的光輝。

寄宿在寶玉的兩條龍開始對話了？

『好不容易見面，卻是這種狀況。』

『也罷，我們命中注定總有一天會交戰。偶爾也有這種事。』

『不過白色的，你的敵意似乎沒有以前那麼強烈呢？』

『紅色的，你的敵意不也降低很多嗎？』

『看來我們彼此都對戰鬥以外的對象產生興趣了。』

『就是這麼回事。我要暫時獨自享受一下。偶爾這樣也不錯吧？再會了，德萊格。』

『這也是種樂趣吧。那就這樣了，阿爾比恩。』

赤龍帝與白龍皇的對話。

雙方已經道別，但是一誠同學似乎無法接受，前進一步說道：

「喂！這是怎麼回事！你是誰，又做了什麼！話說都是你害我吸不到社長的胸部！」

一誠同學露出憤怒的表情……不不不，那是值得生氣的事嗎？

白龍（Vanishing Dragon）的所有者只留下一句話：

「為了理解一切，你需要力量。變得更強吧，我遲早得一戰的宿敵。」

他化為白色的閃光飛逝——

所有人對於這場戰鬥意外的結束方式，都不知道該說什麼。

可卡比勒畫出的破壞魔法陣也已消失。

——結束了。

儘管有意外的插曲，這個城鎮還是得救了。

無意間看向巴爾帕的屍體。說不定……事情還沒有真正結束。因為梵蒂岡的本部還有人繼承他的研究。

和那個人對峙時，我要如何使用這把聖魔劍……

我還不清楚，但是現在——沒錯，至少現在——

啪。

有人拍我的頭。一轉過頭，就看見滿臉笑容的一誠同學：

「幹得好啊，大帥哥！喔喔，這就是聖魔劍。白色黑色混在一起，還滿漂亮的。」

他興致盎然地看著我的聖魔劍。

「一誠同學，我——」

「夠了，那些小事別再提了。總之事情暫時告個段落，這樣就好吧？不管是聖劍，還是你的同伴。」

「嗯。」

謝謝你，一誠同學。為了這樣的我，你處處著想，採取行動。

「……木場同學，我們又可以一起進行社團活動了吧？」

愛西亞擔心地問我。知道神已經不存在，她的內心應該受到相當大的打擊，還是這麼擔心我。真是善良的女孩。

那當然——正當我準備回答時。

「祐斗。」

這是社長的聲音。她以笑容迎接我。

「祐斗，你回來就好。而且還達到禁手(balance breaker)，讓我也為你感到驕傲。」

「……社長，我……背叛各位社員……更不應該的是背叛曾經救我一命的妳……真不知道要如何道歉……」

社長伸手撫摸我的臉頰。每次發生什麼事，她一定會像這樣安慰我。

「可是你回來了。光是這樣就夠了。不可以辜負他們的心意喔。」

「社長……我在此再次發誓。我，木場祐斗，身為莉雅絲·吉蒙里的眷屬——身為『騎士(knight)』，我會終其一生守護您與夥伴。」

「呵呵呵，謝謝你。可是這句話不可以在一誠面前說喔？」

轉頭看到一誠同學以妒嫉的眼神瞪著我：

「我也想成為『騎士』保護社長！但是除了你以外，根本沒有人可以擔任社長的『騎士』！你給我負起責任，完成任務！」

他有些害羞地如此說道。

「嗯，我知道，一誠同學。」

「好了。」

嗡——社長的手發出危險的聲音，圍繞紅色的氣焰。

……這、這是怎麼回事？正當我感到訝異時，社長嫣然一笑：

「祐斗，這是你任性妄為的處罰。打屁股一千下。」

等到魔王的援軍抵達，已經是一切結束之後三十分鐘的事——

在這段時間裡，我一直被打屁股，逗得一誠同學爆笑不已。

雖然很痛，但也讓我有種歸屬感。

New Life.

可卡比勒襲擊事件之後過了幾天——

在放學時間來到社辦的我和愛西亞，看見坐在沙發上的外國女孩子，嚇了一跳。

「嗨，赤龍帝。」

頭髮綠色挑染的女生——潔諾薇亞身穿駒王學園的制服，大方地待在社辦裡。

難掩動搖的我指著她問道：

「為……為什麼妳會在這裡！」

啪！

此時潔諾薇亞的背上冒出黑色翅膀！

咦咦咦咦咦咦咦咦咦咦咦咦咦咦咦咦咦咦咦咦咦咦咦咦咦咦咦咦咦咦咦咦！

那、那是惡魔的翅膀！這、這是怎麼回事！

潔諾薇亞哼了一聲回答：

「因為我知道神已經不在，所以自暴自棄轉生成為惡魔。莉雅絲．吉蒙里給了我

『騎士』的棋子。因為厲害的是杜蘭朵而不是我，所以只要一個就夠了。然後我也轉學到這所學園。從今天開始，我們就是高二的同年級同學，我也加入神祕學研究社。請多指教囉，一誠同學♪」

「……不要以認真的表情發出可愛的聲音。」

「我在模仿伊莉娜，不過好像不是很順利。」

「話說回來，居然轉生了！社長，這樣用掉貴重的棋子沒問題嗎？」

沒錯，這個傢伙的確得知神不存在的真相，但是就算這樣也太突然了！

「嗯，杜蘭朵的使用者成為眷屬，讓人覺得很可靠。有了她和祐斗，我的劍士雙翼就此誕生。」

社長好像很開心。喔喔，這樣真的好嗎？不拘小節這一點該說很有社長的風格嗎？

我方有個持有傳說聖劍的劍士確實是很讓人放心。在「排名遊戲」時也因為對手是惡魔，聖劍可以大肆發威吧。吉蒙里眷屬越來越強了！

「沒錯，我已經是惡魔，沒有辦法回頭——不，這樣真的好嗎？嗯，可是既然神已經不在了，我的人生也等於毀滅了。但是投靠惡魔好像又不太對，畢竟原本是敵人……即使對方是魔王的妹妹也……」

潔諾薇亞一面口中唸唸有詞，一面抱頭苦思。啊啊，還像愛西亞一樣因為祈禱而受傷。

雖然我沒有資格說別人，但是這個女孩真奇怪。

「對了，伊莉娜呢？」

為什麼只有這傢伙，卻沒見到紫藤伊莉娜？

「伊莉娜帶著包括我那把在內，總共五把王者之劍以及巴爾帕的遺體回本部了。大概是因為統合的王者之劍遭到破壞的緣故，是以中心的『碎片』狀態回收。總之搶回王者之劍的任務算是成功結束，只要有中心的碎片就能用鍊金術再次打造聖劍。」

四把合而為一的王者之劍被木場和潔諾薇亞破壞了。

不過看來那幾把劍的基礎，真正的王者之劍「碎片」好像沒事。

「把王者之劍還回去好嗎？應該說妳背叛教會真的好嗎？」

「那把劍還是得還回去，不然就麻煩了。那和杜蘭朵不同，還可以找到別的使用者。我只要有杜蘭朵就夠了。我告訴本部，自己已經知道神不在，他們也沒有多說什麼。知道神不在之後，我對他們而言已經是異己。教會非常討厭異己與異端，即使我是持有杜蘭朵的劍士也會將我捨棄。就像愛西亞．阿基多當時一樣。」

她如此自嘲。教會在排擠異端的方面竟然做到這種程度……太徹底了。

「伊莉娜算是運氣好。儘管因為受傷離開前線，至少沒有身在現場，知道那個真相。她的信仰心比我更強，如果知道神已經不在，真不知道她的內心會變成怎麼樣。」

越是虔誠的基督徒，知道真相之後就越痛苦。那個真相搞不好會完全否定自己過去的生存方式。遇到這種情形，天曉得人類會變成什麼樣子。

「只是她對我變成惡魔這件事，好像非常遺憾。我又不能告訴她理由是因為神不在了，道別時真是苦不堪言。下次見面大概就是敵人了。」

潔諾薇亞瞇起眼睛開口。

伊莉娜……不知道她是以什麼樣的心情回去……

確認社員全數到齊之後，社長說道：

「這次的事情似乎讓教會聯絡惡魔方面──也就是聯絡魔王。『由於墮天使的動向不透明又不誠實，雖然遺憾，希望雙方能夠彼此聯繫。』──他們是這麼說的。關於巴爾帕的問題他們也道歉，對於過去讓他逃走一事，承認是他們的錯。」

……還是覺得遺憾吧。算了，原則上我們還是互相敵對。

至少他們對巴爾帕的事道歉，那就ＯＫ了。

「不過這間學校真可怕，居然還有另外一個魔王的妹妹。」

潔諾薇亞一面嘆氣，一面開口。

另外一個魔王的妹妹？該、該不會是……

這間學校只有兩名上級惡魔。這就表示──是會長？

我看向社長，她只是點頭肯定我的想法。

啊哇哇哇……太誇張了。

對了對了，可卡比勒破壞的操場和體育館，都由魔王那邊的人修好了。

一個晚上就能修好，惡魔的力量真是令人佩服。

仔細想想，他們都可以在異空間做出學園的複製品，這點小事大概不算什麼。

話說這間學園是怎麼回事，竟然有魔王在背後援助……

「對於這次的事情，墮天使的總督阿撒塞勒向神方面以及惡魔方面傳達真相。搶奪王者之劍是可卡比勒的單獨行動，其他幹部一概不知情。策畫瓦解三方制衡，試圖再次引發戰爭，因為這樣的罪行，他已經在『地獄最下層（Cocytus）』被處以永久冷凍之刑。」

社長如此說明。

所以可卡比勒無法重見天日囉。

那真是太好了。我也不想再見到那種暴力分子。麻煩的戰爭狂墮天使。

「雖然最後是因為『白龍（Vanishing Dragon）』的介入，才能夠大事化小。他們的組織成員引發的暴動，由他們自己來收拾。」

當時「白龍（Vanishing Dragon）」從天而降。他已經是禁手（balance breaker）狀態，不像我還是半調子。

——完全的禁手（balance breaker）。

……以目前來說，我處於壓倒性的弱勢。

總有一天必須與他一戰——白龍皇阿爾比恩。

我還不知道宿主的名字，但是在下次見面之前，要盡量填補我們之間的差距——

「不久之後，天使方面的代表、惡魔方面的代表，以及阿撒塞勒好像準備舉行會談。聽說好像是阿撒塞勒有話要說。有人說到時候他可能為了可卡比勒這件事道歉，不過我很懷疑那個阿撒塞勒會道歉。」

社長聳聳肩，忿忿不平地說道。

膽大包天——看來墮天使的總督大人是個自我中心的傢伙。

話說三大勢力的代表齊聚一堂，應該是件非常不得了的事吧？雖然我完全想像不到他們會在那種場合談些什麼，但是想必會對這個世界的未來有很大的影響……

「而且我們也被邀請與會。因為我們是這次事件的當事人，必須在會議上報告。」

「真的嗎！」

聽到社長說的話，不只我一個人嚇到，所有人都露出驚訝的表情。那還用說，要任何人在大頭目們開會的時候列席，無論是誰都會嚇到！

我們和這個世界將會何去何從……

啊啊，對了。我向潔諾薇亞詢問我一直感覺很疑惑的事。

「……『白龍』(Vanishing Dragon)是墮天使方面的人嗎？」

「沒錯。阿撒塞勒正在聚集擁有『神滅具』(longinus)的神器(sacred gear)持有者。雖然不知道他在想什麼，不過肯定沒什麼好事。『白龍』(Vanishing Dragon)在那些人當中也是頂級的持有者。聽說在加上『神子監視者』(grigori)幹部的強者之中，他也是排名第四或第五。已經處於完全的禁手(balance breaker)狀態。以現階段來說，比你這個對手強上太多。」

——第四！

……難怪能打倒我們根本無法對付的可卡比勒。

看來前途堪慮啊，德萊格。

潔諾薇亞的視線移到愛西亞身上：

「……對了，我要向愛西亞．阿基多道歉。既然主不在了，當然得不到救贖和愛。抱歉，愛西亞．阿基多。如果能讓妳消氣，妳想揍我也無所謂。」

潔諾薇亞低頭鞠躬。好日式的道歉。

因為她的表情沒什麼變化，很難判斷她的內心想法。

「……怎麼會，我不打算那麼做。潔諾薇亞，我對現在的生活相當滿意。雖然是惡魔，卻遇見重要的人——許多重要的人。只要有這樣的邂逅和目前的環境，我就很幸福了。」

愛西亞以有如聖母的微笑原諒她。

啊啊，愛西亞真是個好孩子……哥哥好感動！

知道神不存在，一時之間精神幾近崩潰，還好在我和社長的關心之下總算恢復正常。

「……知道神不在的基督徒只有我和妳，這下子我也沒資格說什麼要制裁妳。異端啊。從受人尊敬的聖劍士變成異端，我永遠忘不了他們看待我的態度瞬間改變。」

潔諾薇亞如此說道時，我覺得她的眼中似乎閃過落寞的陰影。

「那麼我先告退了。要轉學進入這所學園，我還有很多事得學習。」

潔諾薇亞準備離開社辦。

「請、請問！」

但是愛西亞留住她。

「下次放假時，我們一群人要出去玩。潔諾薇亞要不要一起來？」

愛西亞帶著燦爛的微笑開口。潔諾薇亞有點驚訝地瞪大雙眼，隨即苦笑說道：

「下次再說吧。這次我提不起興致。不過——」

「不過？」

潔諾薇亞面帶笑容，對歪著頭的愛西亞開口：

「改天能不能帶我參觀學校？」

「好的！」

愛西亞也帶著笑容回答。嗯——真希望她們可以變成好朋友。雖然有點難以捉摸，但是潔諾薇亞應該不是壞人。

「以我的聖劍杜蘭朵之名——希望能夠再和那邊的聖魔劍士切磋切磋。」

「好啊。這次我不會輸的。」

木場同樣以笑容回應。聽見他這麼說，潔諾薇亞便離開社辦。

木場渾身散發自信，以及另外一種強烈的感覺。

那個時候，在那個地方發生的事，使他產生重大的變化。

啪！

社長用力拍手。

「好，社員再次到齊，社團活動也要重新開始囉！」

「是！」

所有人都很有精神地回答。這一天，我們久違地在社辦裡談笑。

Friends.

『拿到好多～♪七龍堂～♪』

這裡是某個卡拉ＯＫ包廂。

我拿著麥克風大唱動畫歌。

「好啊！七龍堂宅！」

「混帳！你乾脆和愛西亞對唱算了，鬼畜！」

松田和元濱不時起鬨炒熱氣氛。

愛西亞好像也玩得很開心。小貓倒是完全不管唱歌，只顧著吃披薩和冰淇淋之類的餐點。戴眼鏡的桐生正在點歌。

至於木場——正在優雅地喝咖啡。嘖！型男連來到這種地方都要耍帥嗎？了不起。

利用這個假日，我們依照當初的計畫，實行半天瘋狂遊玩計畫。

我們約在車站前面集合。等遲到三十分鐘的松田過來，我和元濱和桐生先揍他一頓，接著便直衝保齡球場！

浪費體力打了四局之後，我們又跑來唱歌。
於是我們從剛才就一直輪流唱歌。
目前還沒唱歌的人只有愛西亞和木場，等一下一定要找機會讓他們唱。而且我好想和愛西亞對唱！和金髮美少女對唱，真是太棒了！
愛西亞今天是一身哥德蘿莉的打扮，超可愛的！
這是桐生的傑作。真是太神奇了。經過「大師」的改造，前基督徒愛西亞也換上高品味的服飾！
「如果是聖經，我可以不用看書直接背喔。」
感覺愛西亞好像會這麼說，可是這樣一來我和木場和小貓幾個惡魔會升天，拜託不要這麼做。
我也問過匙，但是他流淚表示「會長禁止我們異性交遊。」推掉了。他一定很想來吧！學生會眷屬的管教真是嚴格。
我唱完之後，喝了一口飲料解渴。唱得真開心。
今天沒來的社長和朱乃學姊好像一起去逛街。
剛才她還寄來照片，MAIL寫著「正在挑泳裝。我會挑一誠喜歡的款式喔。」還加上愛心符號。照片拍的是更衣室裡面的情況，害我差點當場噴出鼻血。哈哈哈，我的大姊姊真是好色啊。

呼呼呼。這麼說來，游泳池好像快要開放了。根據社長的說法，到時候可以利用假日在學校的游泳池大游特游。

她還說到時候會展示她的泳裝。朱乃學姊也是！

嗚喔————！兩位身材挑逗的大姊姊要穿性感泳裝給我看嗎？

口、口水止不住了！啊啊，炎熱的夏天快來吧！

「……一誠學長，你流鼻血了。」

小貓斜眼看著我開口。喔喔，鼻血流出來了。

「……你剛才在想色色的事吧。」

嗚！小貓，妳猜對了！

「哎呀，胯下的那個大小……」

喂————！桐生！不准用妳的眼鏡測量我的那個！

「……你又在想社長的事嗎？」

愛西亞不高興地說道。最近她的直覺越來越敏銳了……

「哈哈哈，沒事！我、我去一下廁所！」

語畢的我起身逃出包廂！

我在廁所裡把鼻血清理乾淨，走出去便看見木場坐在附近的椅子上。

「喔？你怎麼了？」

「嗯，休息一下。」

我也坐在木場旁邊的椅子。

「啊——好累。好像鬧得太兇了。」

「大概是剛才打保齡球時興奮過頭了。」

「這倒是。」

我們隨口聊了幾句，彼此露出苦笑。這時木場以凝重的表情開口：

「一誠同學。我一直很想向你道謝——謝謝你。」

這傢伙，原來是為了說這個才在廁所前面等我……

「……沒什麼。你的同伴原諒你，社長和其他人也原諒你。所以那些都不算什麼。」

「一誠同學……」

嗚。不要眼眶含淚這樣叫我！很、很可怕耶！

「不、不然這樣，我們來合唱我最拿手的歌好了。」

「喔，一誠同學還有最拿手的歌啊？」

「包在我身上。要是七龍堂的主題曲我可以連唱二十四小時。」

「這、這樣的話我需要一點心理準備。」

「有什麼關係。我們來個神祕學研究社的『士兵(pawn)』與『騎士(knight)』合唱吧。」

「好好好。」

我們隨口閒聊，回到包廂之後立刻占據麥克風，演出莫名熱血的合唱。

——這時我第一次看見木場真正的笑容。

後來桐生在我和木場賣力合唱時拍攝的照片傳遍學園，我和木場是同性戀的傳聞又多了一份證據。

饒了我吧！

後記

「沒錯……就這樣接納我們的王者之劍吧（×7）……」

好久不見，大家好。我是石踏。終於出到第三集。速度好快。

後記開頭很像ＢＬ小說的廣告台詞，不過無論是這次的故事也好，最後一誠和木場在一起的氣氛也好，都很有那種感覺，連副標題也是刻意取的。我也覺得該是時候回收有關木場的伏筆了。

另外，社長的棋子——社員也增加了。新加入的「騎士（knight）」潔諾薇亞！女劍士！

原本是梵蒂岡教廷的聖劍士。可以使用強大的聖劍杜蘭朵。

她是個經常做出莫名其妙的舉動，老是後悔的麻煩女孩。一誠在故事裡也說過，是個「難以捉摸」的孩子。而且轉生為惡魔之後還是可以使用聖劍，簡直是無敵。

那麼接著介紹其他新角色。

蒼那·西迪會長——上級惡魔西迪家的繼任宗主。

匙元士郎——西迪眷屬。蒼那會長的惡魔僕人，和一誠一樣是「士兵(pawn)」。

紫藤伊莉娜——一誠的兒時玩伴。因為我想要有個教會、天使方面的基層角色，所以讓她在此登場。身為天使方面的相關人士，未來有機會的話也會繼續登場。

下一集，終於進入夏天！說到夏天就想到泳裝！游泳池！故事中最後也提到兩位大姊姊為了一誠去買性感泳裝。就是這麼回事。

社長和愛西亞的一誠爭奪戰，一旁還有朱乃學姊準備趁機漁翁得利，她將使用女人的武器接近一誠。一誠也因為出血過多而奄奄一息。

除此之外潔諾薇亞也會加入戰局？那麼小貓又是如何？

最近就連身為作者的我自己都開始妒嫉一誠。一面想著「可惡！為什麼這個傢伙這麼後歡迎？根本就是胸部摸到飽！」一面含淚寫作。

這次我刻意壓抑一誠在戰鬥方面的表現。在第二集當中，儘管未完成，但是他也到達強力無比的禁手(balance breaker)境界，所以我這次想讓他負責輔助。第三集就讓其他社員努力表現。不過到了下一集，一誠又會變得更厲害。

在第四集當中，三大勢力的頭目終於要現身了，劇情進展可能會一下子開始加速。他們會在會談時談些什麼呢？

這次已經揭曉的事，還有尚未揭曉的事，都會在下一集揭露真相。應該。

還有終於現身的「白龍（Vanishing Dragon）」，也就是白龍皇阿爾比恩。一登場就強到足以破壞力量均衡。他和一誠正式見面時，故事將會——

社長的另外一個「主教（bishop）」也將在下一集登場！讓各位久等了！第四集很忙喔！

接下來是答謝的部分。

みやま零老師，感謝您美麗的插圖！隨著角色越來越多，也給您添了不少麻煩，未來還請多多協助！

責任編輯H大人，感謝您每次都給我確切的情色建議！托您的福，我正在逐漸成長為能夠想到很多色色點子的情色作家！如果沒有您指出應該修正的地方，這部作品可能就得加上年齡限制！

※朱乃副社長的那個場景在原稿裡寫得太過頭，所以經過修正。

各位讀者，感謝你們的聲援和來信！收到附上插畫的讀者來信，我真的高興到眼淚快要掉下來！如果能接到更多來信，作者一定也會更有動力寫出更多情色……不不，是更加熱血的《D×D》！

大概就是這樣，敬請期待第四集裡社長與女性社員的胸部亂舞。

Kadokawa Light Novels

美少女死神 還我H之魂！ 1~3 待續

Kadokawa Fantastic Novels

作者：橘ぱん　插畫：桂井よしあき

神秘死神推動「從乳房開始的世界革命」！
壓抑系情色喜劇第三集，變幻登場！

　　高中生良介以「色慾之魂」為代價和美少女死神・莉薩菈過著同居生活。由於某些緣故，他從色情變態男轉職成了超級美少女！就在良介的妄想無限延伸之際，居然出現了一位身分不明的死神，而且他還要推動一場「從乳房開始的世界革命」！

各**NT$180/HK$50**

台湾角川

Kadokawa Light Novels

問題兒童都來自異世界？ 1~2 待續

Kadokawa Fantastic Novels

作者：竜ノ湖太郎　插畫：天之有

「火龍誕生祭」來函邀請！弱小隊伍「No Name」要打倒魔王!?

因為有預言宣稱「魔王即將來襲」，所以東部的階層支配者白夜叉邀請他們前去參加祭典。認為「這看起來很有趣嘛！」的問題兒童們拋下黑兔前往北方，還留下了離開共同體的訊息。這……這些笨蛋到底在說什麼啊──！究竟該怎麼辦才好呢！黑兔！

台湾角川

各 NT$190~200/HK$50~55

Kadokawa Light Novels

青春紀行 1~3 待續

Kadokawa Fantastic Novels

作者：竹宮ゆゆこ　插畫：駒都えーじ

陷入低潮的柳澤光央，
被迫與香子和万里進行留宿大會！

喪失記憶的男人多田万里，與自稱超完美大小姐的加賀香子，終於可喜可賀地成為了男女朋友關係。另一方面，與琳達過去的關係被攤在陽光下，使得万里一直無法好好面對琳達。由竹宮ゆゆこ與駒都えーじ搭檔，聯手獻上的青春愛情喜劇第3彈！

各 **NT$180/HK$50**

台湾角川